阿牛的全方位温暖生活

我的 275克拉阳光

〔马来西亚〕阿牛 著/摄影

译林出版社

阿牛爱美美的蛋，
爱 Sunny-side up……
那是阿牛给自己的褒赏。
品尝的那一刻，
心都在阳光里化掉了。
每颗蛋大概是 55 克，
55 克 =275 克拉。
对于阿牛来说，那不仅仅是一颗蛋，
而是，275 克拉的阳光。
从出道到现在，阿牛温暖地爱着每个人，温暖地和所有人分享……
我的 275 克拉阳光。

目录

序

:: 李心洁

回望十六岁的那片蓝天

有时候突然犹豫该唤他陈庆祥、阿牛或牛导?

回头，十六岁那片蔚蓝的天空，依然还在，没有离开过。

真挚的友情是会凝住时间的。无论什么时间、地点相见，我们都可以穿梭时空回到当初那份熟悉和单纯。

二十个年头，就算经历了人生的起起伏伏，奔波各国工作，生活，结婚生子，我们还是那个疯狂热爱戏剧表演，满脑子都是戏、戏、戏的家伙。

无话不谈奠定了我们的友谊，那些话语一年一年缓缓落在家乡溪边的小草，艳阳下就快融化的红豆冰，外婆木屋充满吆喝声的赌桌，戏剧营离别会的眼泪，无数个午后慵懒无聊的日子，然后飘呀飘，飘到台北香浓拿铁的咖啡厅，臭豆腐香味扑鼻的夜市，专门播放艺术电影的影院，文艺青年聚集的诚品，春夏秋冬悠闲的脚步。

拿金马奖的那一年，阿牛握着重重的金马，说道：“李心洁，李心洁，你都拿了金马奖，我该怎么办？”

后来，没过几年他就抱着剧本要我来演他戏里那个十八二十还要穿中学校服的打架鱼。他一个女儿的爸爸，我一个继女的妈妈，最后我们拼了，脸皮厚厚地到小镇演起青春无限美好的一群青少年。

从此以后，好不容易才叫惯的阿牛又得改口叫牛导了。

阿牛具备了一个创作人拥有的阴阳特性。我是和他身体里那个多愁善感、感性真情的女人成为了知己。

这个知己最与众不同的是，他有一颗永远不变的赤子之心，哪怕城市再大，科技再发达，全世界都叫得出他的名字，他还是会穿件汗衫，四分裤，背学生时代的帆布包包，趿着拖鞋走到咖啡店吃一盘经济饭。那些墨镜口罩 Armani 西装都无法进攻他纯净的世界。

他的创作从这块小小的纯真天地出发感动了无数人。

他一个善良老实的人总是希望把欢乐真情带给大家，把单纯带给压力重重的现代人，然后把忧愁悲伤留给自己。

他出书，要我写序，说写和拍的都是过去的点滴。我笑说：“Oh，My God！我最近也在想做这件事。我们是不是老了，开始往回忆里寻找自己？”

也许吧！但能在回忆里寻找美好，何尝不也是一件好事。

我们常想再一个二十年后，白发斑斑的两人相约在印度摊吃印度饼聊天时会是什么样的情景。我们是否还对生命和创作充满热情和雄心？是否还守望着彼此十六岁的那片天空？

李心洁 2012年4月27日

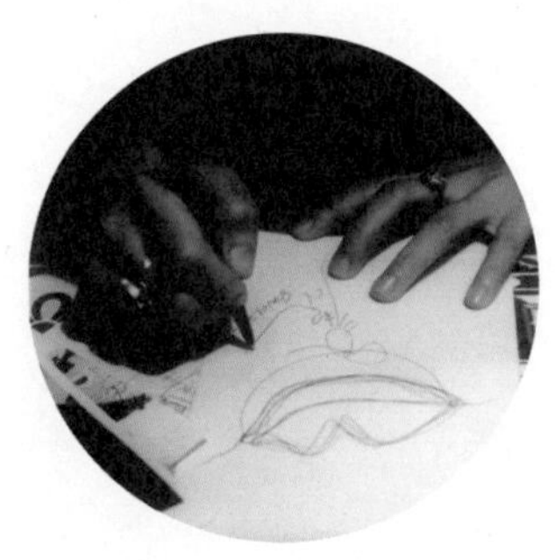

序

:: 梁静茹

逝去的青春不会再回来

逝去的青春不会再回来，永远不会。

眷恋着过去的每一个屏息瞬间，刺眼的感触，犹如月台上和母亲告别的那一个下午那样揪住了心。

抽痛，如昨日初次被恋人说出从此不愿意再在一起的感伤。

孩子们还在挥洒着汗水，来回地在篮球场上，烈日、栏杆与隔墙。

学校里下课的钟声，躲在草原树下一角的独处片刻，风，还是热的。

热的风，香喷喷的独自的午餐，阳光从树叶间洒了下来 。

蓝与白色的拖鞋，穿着了，骑着摩托车去追随那片日出的景色，咔嚓的是那一年的快门。

勇敢许多次，都是为了留住片刻，写歌唱歌，写书摄影拍电影，都是他的至爱。

形容他，用幽默风趣都比不上多愁善感来得更贴切。既浪漫又早熟，既安静又忧愁，孤独而沉默，冷静而易感。

我们认识十五年了，就在青春逝去之前，我们一起唱着一个年代的歌。

然而逝去的青春不会再回来，永远不会。

偶尔，时间停格在和你闲晃在台北街头的那个午后，你一点也没变。

祝福你，牛。畅快地拍，畅快地写，永远不要停止，触动。

Love 静茹　2012年4月18日　台北雨夜

5

呼吸

佛陀问他的弟子，人生有多长。有人说七十年，有人说五十年……佛陀说都不是。人的生命，就在呼吸之间而已。

是呀……如果你呼一口气之后，不再吸一口气，人就死了……

这个故事给了我很大的启示。

有很长一段时间，创作其实带给我很大的压力。发第一张专辑，写《对面的女孩看过来》《大肚腩》《城市蓝天》的时候，我创作的能量和欲望都很强。这是累积了二十年的东西，突然一下子吐出来。可是紧接着出第二张专辑、第三张……写歌，写着写着，突然干了，写不出东西了。好像同一块土地，如果一直种同一种农作物，开始一两年种出的西瓜很甜，但一直再种同样的西瓜，无论怎么施肥，它就是种不出同样好吃的来了。要让土地休息，甚至荒废长满野草，过几年把野草锄了烧一烧，堆一堆肥，又可以种出好吃又甜的西瓜来了。（我不会务农啦，哈哈，这只是我的

想象……）

创作也像土地一样需要呼吸。有很长一段时间，我不但写不出歌，也没有办法录好一首歌……我停了很长一段时间。突然有一天，感觉好像回来了。灵感在生活这片土地上慢慢酝酿，能量够了，很自然地就长出果实来了。

酝酿和创作之间，就好像呼和吸之间的关系一样。

还有，表演时和舞台下的我，也是一种呼吸。

表演，就好像点燃自己，让自己的热情和能量瞬间爆发，绽放成美丽的烟花。

常常有人问我，你在舞台上那么活泼开心，台下是不是也一样开心呢？

其实，一直以来，我都很不一样。

舞台上的我是燃烧的、绽放的，舞台下的我是含蓄的、吸收的。

刚开始当歌手表演的时候，我还没有意识到呼吸这件事。一直在台上表演，绽放热情。一直拼命在吐气而没有吸气，一直把光芒散发，没有把绽放后遗留的黑暗，那些不好的情绪从心里排除掉。后来越来越严重，害怕上台，甚至有轻微的忧郁症。

这情况就好比一个一直在训练的运动员，不断把身体的肌肉拉紧。拉紧之后要是没有放松，便会抽筋。情绪也是一样的，如果在拉紧之后没有放松，就会像运动员的肌肉一样抽筋，受伤。

心情不好的时候，别急着让自己兴奋。心情不好的时候，就

让它不好一下，它在呼吸。

人的心、灵魂、情感都是需要呼吸的。

渐渐地我发现，不只是人在呼吸，世界也在呼吸。地球在呼吸，海洋会涨潮和退潮。天气也在呼吸，城市在呼吸，股市在呼吸……大涨之后总会大落。黑夜和白天。天气晴朗天气阴霾。心情好心情坏。人来人往。

一切都在呼吸。

一切都需要呼吸。

关系需要呼吸。爱情需要呼吸。亲情需要呼吸。

太紧了要放松一下，松散了抓紧些。

事业也会有起落。好的时候，一路往上冲、冲、冲；淡的时候，就要趁机让自己休息，慢下来，缓一缓……毕竟，人的生命，就只在呼吸之间而已。

光脚丫

光脚丫是一种心情。

闭上眼，我可以看到我踩过的东西。草地，绿绿的、刺刺的。偶尔会踩到含羞草，很痛。老家还没有铺成柏油路以前，我们在上面踢球。沙子在赤着的脚板和地面摩擦。跑起来很疼，开始一两天会破皮，但过两天就长茧了。最后的下场是哭哭啼啼回家。因为，踢到露出地面的石头，流血了。

被太阳晒得暖暖的小池塘里的泥巴，我们的小脚一步一步地踩在里边。手里拿着竹篓，专心致志地在捕鱼。说着，想着，我仿佛都可以闻到那泥巴的味道了（哈……臭臭的其实）。

可是和光脚丫这些回忆连在一起的，是白云蓝天，是晒得皮肤刺痛的阳光，和风吹椰叶摇曳的沙沙声响。长大后，我常常会抗拒长大这件事。常常，我在想为什么马来西亚一个这么热、这么多雨的国家，我们要穿皮鞋或运动鞋去上班或上课。很热，而

且下雨时,鞋子泡在水里湿了,非常不舒服。为什么不能穿拖鞋呢?

有一天，我要开一场演唱会，规定所有的观众必须穿拖鞋来，所有的乐手都是穿着拖鞋。

小时候，乡下的小孩，穿着一条短裤，夹着拖鞋，就在村子里四处乱跑了。

对了，不是所有光脚丫的记忆都是美好的哦。有一次家里装修卧室的地板，那时天真可爱的小胖子我，光着脚丫在木条架起的格子和格子之间跳来跳去。大人还来不及喝止我，悲剧就发生了。我跳到一堆铁钉上。扎进好几根。幸亏都是新的，没生锈……和光脚丫连在一起的记忆除了蓝天白云，哈，还有一张眼睛鼻子嘴哭得挤成一个“米”字的油鬼鬼的脸。

光脚丫

光脚丫是一种心情。

闭上眼，我可以看到我踩过的东西。草地，绿绿的刺刺的，但偶尔会踩到含羞草，很痛。老家还没有铺成柏油路以前，我们在上面踢球。沙子在赤着的脚板和地面摩擦，跑起来很疼，开始一两天会破皮，但过两天就长茧了。最后的下场是哭哭啼啼回家，因为踢到露出地面的石头，流血了。

被太阳晒得暖暖的小池塘里的泥巴。我们的小脚一步一步的踩在里边，手里拿着竹篓，专心一致的在捕鱼，说着想着，我们彷彿都可以闻到那泥巴的味道了（哈……臭臭的其实）。

可是和光脚丫这些回忆连在一起的，是白云蓝天，是晒得皮肤刺痛阳光，和风吹椰叶摇曳的沙沙声响。

~~念中学的时候，常赤脚在草场上踢足球~~长大后，我常常会抗拒长大这件事。常常，我在想为什么在马来西亚一个这么热，又这么多雨量的国家，我们要穿包鞋或皮鞋去上班或上课。~~捂到脚~~很热，而且下雨时~~脚会泡在水里~~鞋子泡在水里湿了，非常不舒服。为什么不能穿拖鞋呢？

有一天我要开一场演唱，规定大家所有的观众必须穿拖鞋来，所有的乐手都是穿着拖鞋。

小时候，乡下的小孩，穿着一条短裤，夹着拖鞋，在村子里四处乱跑了。

对了，不是所有光脚丫的记忆都美好的喔，有一次家里装修睡房的地板，那是天真可爱的小胖子我，光着脚丫在木条架起的格子和格子之间，跳来跳去。大人还来不及喝我，悲剧就发生了。我跳到一堆铁钉上。扎了好几根。幸亏都是新的，没生锈……和光脚丫连在一起的回忆，除了自己蓝天，哈，还有一张眼睛鼻子嘴哭得挤成一个“米”字的油儿儿的脸。

火候·美美的蛋

很喜欢吃荷包蛋。快熟了又还没有熟，蛋黄还软软的那种。若在酒店吃早餐，煎蛋的厨师用英文问你“How you like it”，要回答“Sunny-side up”那种。

Sunny-side up 好像太阳一样，多美的名字。在马来西亚你去 mamak 档（印度同胞开的路边茶档），就叫 mata kerbau，意思是水牛的眼睛。这个蛮好玩的，但是想象一下，就很可怕了。水牛的眼睛瞪得很大，你把蛋黄戳破了，就等于把……

我自己叫这样的荷包蛋——美美的蛋。这颗是我自己煎的。哈……哈……哈……

成功煎出第一颗的时候，还是很骄傲的，还在微博上炫耀一番。

其实很简单，用不粘锅，开很小很小的火，小到快熄了远没熄那种。小心地把蛋先打在小碗里头，再小心地倒在锅里。你就看到水牛的眼睛……哦……不，鸡蛋在锅上慢慢地变颜色，慢慢地蛋黄变成橙色，到你喜欢的熟度，再轻轻“刮”起来就行了。

说着容易，但其实很难。同样的锅，同样的蛋，十年前，我煎不出这样美美的蛋，煎不到就是煎不到。每次不是心太急火太大，要不就是没耐心，把美美的蛋黄包弄破了。唉，简单的一颗美美的荷包蛋，其实只要火小小、心慢慢就可以了。

是的，火小小，心慢慢来。

原来自己成熟了，（变老了），煎颗美美的蛋没问题了；但生活上，还是常常犯心急冲动的毛病。每次都很懊恼，后悔，事不难，人难；人不难，心难……

没关系哦，火小小，心慢慢来。让生活的火，慢慢把我的心煎成一颗……美美的蛋吧。

2011年11月28日晨

火候·美美的蛋

很喜欢吃荷包蛋。快熟了又还没有熟，蛋黄还软软的那种。若在酒店吃早餐，煎蛋的厨师~~问你~~用英文问你~~what you~~ How you like it?要回答："Sunny side up"那种。Sunny side up，好像太阳一样，好美的名字。在马来西亚你去mamak档（印度同胞开的路边茶档），就叫mata kerbau，意思是水牛的眼睛。这个~~想像~~蛮好玩的，但是想像一下，就会很可怕了。水牛的眼睛瞪得很大，~~你~~你把蛋黄cuō破了，就是等于把……

我自己叫这样的荷包蛋—美美的蛋。这颗是我自己煎的。呵……哈……哈……成功煎出第一颗的时候，还很骄傲的在微博上炫耀了一番。

牛吼！吼！吼！我会煎美美的鸡蛋了!!! 厉害吧~!!!
不要想象我一口咬下去的感觉…… 哈哈哈!!!

其实很简单，用不沾锅，开很小很小的火，小到快熄了还没熄那种。小心的把蛋先打在小石碗里头，再小心的倒在锅。你就看到水牛的眼睛……哦……不，鸡蛋在锅上慢慢的变颜色，慢慢的蛋黄变成橙。到你喜欢的熟度，再轻轻“刮”起来就行了。

说容易，但其实很难。

同样的蛋，同样的锅，十年前，我煎不出这样美美的蛋，煎不到就是煎不到。每次不是心太急火太大，要不就没耐性，把美美的蛋黄包弄破了。哎，简单的一颗美美的荷包蛋。其实只要火小小，心慢慢来就可以了。

嗨

是的，火小小，心慢慢来。

原来自己成熟了，(变老了)，"煎颗美美的蛋没问题了；但生活上，还是常常犯心急、冲动。每次都很懊恼，后悔。事不难，人难；人不难，心难丫……

噢 没关系啦，火小小，心慢慢来。让生活的火，慢慢把我的心煎成一颗……美美的蛋吧。

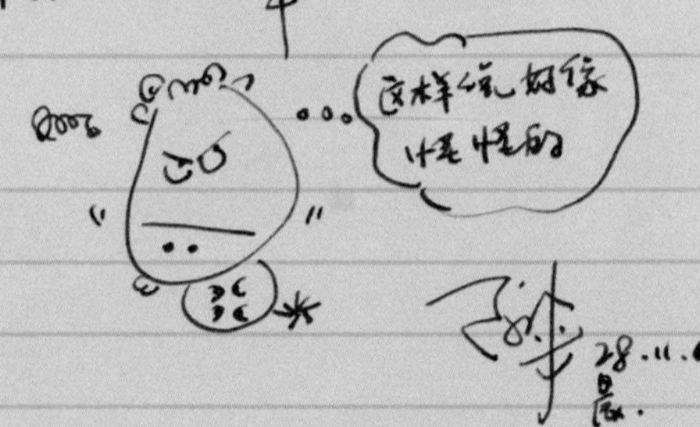

28.11.01
晨.

初恋红豆冰

19 岁，当我拿到 SPM [*] 的成绩的时候，我哭了。多年以后我才明白原因。原来那一刹那我长大了。原来明白自己长大了后，突然发现再也回不去那一刹那之前的青春了。就隔那一刹那而已。

我原来站在一条时间的线边。靠得如此近，却回不去了，回不去了。

多年来,这个难受一直在我心里,深处。是个难受但也是希望。

每当生活里有挫折或困难或难过的时候，我都会很想，很想回去那一份单纯。

那一份纯洁翠绿的椰林。那一份蓝天白云。

但像在很深的一口井里，望着上面窄窄的蓝天，伸手不可及。

---

*SPM: 马来西亚教育文凭（马来语：Sijil Pelajaran Malaysia，简称 SPM），是由马来西亚考试局（Malaysian Examinations Syndicate (Lembaga Peperiksaan Malaysia)）主办的一个高中教育文凭考试的成绩证明。考生主要是高中二年级的学生。

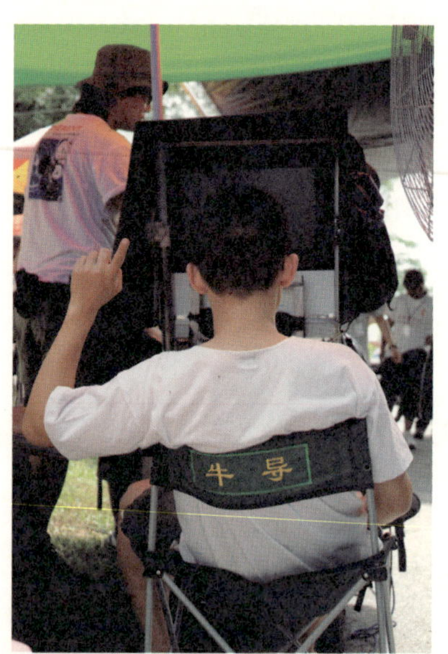
牛导

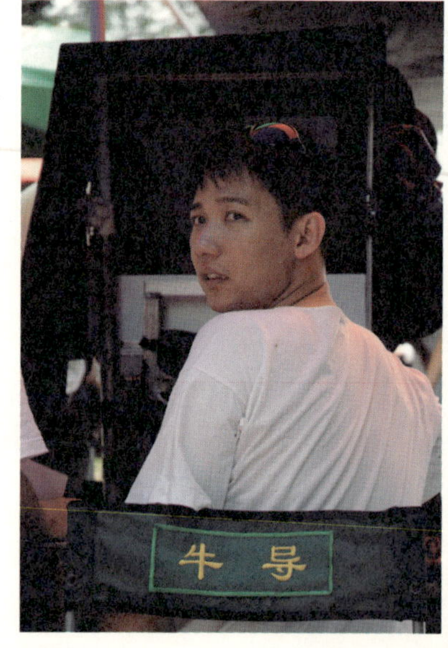
牛导

又后来才了解，这个叫遗憾。（虽然我认识这个词那么多年了。）

拍《初恋红豆冰》，原是因为，想回去。回，很简单。想回去那一份单纯与美好。说真的，电影是魔术。

拍摄时遇到资金上的困难以及种种压力和磨难。但有时候走路我会笑的，因为心洋溢在那一份单纯里头。我又看到18、19岁的那片蓝天了。

人，要甘愿。甘愿。

真的甘愿了。

拍完《初恋红豆冰》很长一段时间，才渐渐明白，原来最深刻的体会，是了解了，原来每一刻的当下，过去了，就是过去了。这样想多悲伤呀，但也是一种解脱。

我终于拍完《初恋红豆冰》。我终于又回到过去一次了。

人那么喜欢听歌、看电影，知道为什么吗？因为我们可以一次又一次地回到那种感觉里，一次又一次，一遍又一遍……

写于2011年11月19日凌晨三点
剪辑着第二部电影《金童玉女》的时候

《初恋红豆冰》

19岁当我拿到SPM的成绩时候，我哭了。多年以后我才明白原因。原来那一刹那我长大了。原来明白自己长大了后，突然发现再也回不去了那一刹那之前的青春了。就隔那一刹那而已。

我原来站在一条时间的线边。靠得如此近，却回不去了，回不去了。多年来，这个难受一直在我心里深处。是个难受，但也是个希望。每当遇到生活里有挫折或困难或难过时候，我都会很想，很想回去那一份单纯。那一份纯洁翠绿的椰林，那一份蓝天白云。

但像在很深的一口井底

望着上面窄窄的蓝天，伸手不可及。

后来才了解，这个叫遗憾。（虽然我认识这个词那么多年了。）

拍红豆冰，原是因为，想回去。回很简单。想回去那一份单纯与美好。说真的，电影是魔术。

拍摄时遇到资金很大困难，压力和磨难。但有时候走路也会笑的。因为心溢在那一份单纯里头。我又看到那18，19岁的那片蓝天了。

人，要甘愿，甘愿。

真的甘愿了。

~~又拍完《红豆冰》很长一段时候，~~

~~才渐渐明白，原来最深刻的体会，~~

~~是了解了~~，原来每一刻~~[illegible]~~的当下，

过去了，就是过去。这样想好悲伤Y.

但也是一种解脱。

我终于拍完《初恋红豆冰》。

我终于又回到过去一次了。

华人那么喜欢听歌，看戏，

知道为什么吗？

因为我们可以一次又一次的回到那种感觉里，一次又一次，一遍又一遍……

19.11.2011.

3:00凌晨.

剪接着Ⅱ电影

《金童玉女》的时候.

除非

有一个黑骑士要去找幸运草。可是他从大地王子那里打听到，这片魔幻森林从没有种出过幸运草。于是，他决定自己种。

大地王子告诉他，这里的土壤怎么可能种出幸运草呢？除非把土壤变得松软、潮湿。于是黑骑士从邻国，移植来一块松软潮湿的土壤。

然后，他在森林里，遇到了湖畔仙女。仙女告诉他，这里怎么可能种出幸运草呢？这里没有河，除非你能开辟一条河全年为它供水。于是，黑骑士开辟了一条河。

之后，他去找森林里的红杉。红杉告诉他，这里怎么可能种出幸运草呢？除非把森林的枯叶剪去,才能提供充足的日照。于是，黑骑士修剪了树木的枯叶。

再后来，他遇到了森林的岩石之母。岩石之母告诉他，这里怎么可能有幸运草呢？除非在没有石头的土壤中才可能种出来。

于是，黑骑士回去挑出了土壤里的石头。

最后黑骑士种出了幸运草。

这个就是《让幸运来敲门》里讲的故事。

我拍《初恋红豆冰》的过程，就好像这个黑骑士。一开始，我只找了心洁。但是有人告诉我。你都没有卡士*，除非你能找到卡士，才能拍电影。我就把静茹、曹格、品冠、栋梁、佩妮都叫来。然后有人说，你要拍电影，除非有摄影师才可以。于是我找了摄影师。然后，别人又说，你没有制作人不行，除非你能找到制作人。于是我让摄影师去找了制作人。

于是就有了《初恋红豆冰》。

所以当别人告诉你“除非”的时候，表面上好像在打击你，但事实上是在帮你。那些人告诉你困难在什么地方。找到困难，然后去解决它，就越来越接近成功了。

---

* 卡士：英语 cast 的音译，群星荟萃，阵容强大的意思。

那一些片刻

宁静

童年，大概小学三四年级的时候吧。

我每天的早饭是Nasi Lemak（椰浆饭）配烧猪肉……差不多是每天。所以，我是个小胖子。那段时间村里的小孩很着迷“野餐露营”这件事。其实也就是大伙跑到草地上，用几根木棍，把被单架成帐篷吃东西，但就是觉得太好玩了。

一天早晨，我很想一个人去野餐，于是揣了一包椰浆饭，到一户人家后院的荒林。我钻进了一丛姜树长成的圈圈里。中间是空的。我把拖鞋脱了当垫子坐着。打开报纸包着香喷喷的椰浆饭烧猪肉，津津有味地吃了起来。吃到一半，突然意识到偌大的树林里，只有我一个“人类”而已。看着四周都没有别人了，只听见偶尔远处传来的村里妈妈叫骂小孩的声音。

外边晒着热带猛烈的太阳，我坐在树荫下，空气凉凉的，鸟叫声，鸡啼，虫叫，风声……这是我人生第一次意识到，宁静。

宁静，真美好，尤其是配着椰浆饭和烧猪肉。

音乐来谈爱情
系列1
谈
情
谈
唱

智慧

老家旁边有棵芒果树,树下有个大鸟笼,养过好多鸟。金丝雀、八哥、喜鹊等。但后来就空着了。我常坐在那儿边上的走廊发呆。反正有一天想着想着，不知道哪里生出来的灵感，我跟自己说:嗯，人应该要越活越好。所以，我一定要比以前活得更好。

那时应该是 11 岁,那一刻,我突然很“哲学”地思考出很“智慧”的东西。

美

刚上高中时，超爱听黄舒骏的歌。

青葱岁月，有一天晚上睡不着，把床搬到房间外头，走廊上的窗边。在二楼，透过窗，可以看到屋后的椰林和远处的田野。

老式的随身听转着磁带,黄舒骏唱着《醉舞》。月光泻了进来。

“我们跳着醉舞，今生今世不怕孤独。即使彼此多寂寞，也没有一丝痛苦……”

月光下，椰树轻轻地晃着，叶梢发出沙沙沙的声音。突然感到一种永恒的东西，时间不存在了，就觉得很美，很深沉。很悲伤的美。因为不知道为什么，每次闭上眼，回想起这段片刻，心都会很难过，甚至有一点点痛。

日出

也是那个年纪，我喜欢上了摄影。清晨早早起来，冷风里，骑着摩托车到田里，然后等太阳升起。扛着脚架和相机，穿着拖鞋，我踩进沾满露珠的草里。像课本上读到的成语“沁人心脾”，啊，就是那种感觉了。不只脚是清凉的，整颗心都是！

其实照片拍得不怎么样，最美的是早晨来拍日出这件事本身。想到以后要离开这世界前，想到曾经拥有过这样的片刻，我的嘴角便会上扬，微笑。

最近在阿里山拍日出，我前面也有另一个人在拍。

一边抽着烟，他站在摄影机前，一张一张地摁下快门。我觉得他很美，我也很美。可是背后有一群大叔在那里叽里呱啦，做现场直播，泡美眉。关于看流星雨时许愿会灵的传说，我们都知道。麻烦大家告诉大家，关于日出，也有一个传说，就是在看太阳升起来的时候，如果可以一直保持安静和沉默，当时心里想的事，便可以实现。

那一些片刻

宁静。

童年，大概小学三、四年级吧。

我每天的早是 Nasi Lemak（椰浆饭）配烧猪肉……差不多是每天。所以，我是个小胖子。那段时候村里的小孩很着迷"野餐露营"这件事。其实也就是大伙跑到草地上，用几根木，把被单架成帐篷。吃东西，但就是觉得太好玩了。

一天早晨，我很想一个人去野餐。于是揣了一包椰浆饭，到一户人家后院的芭林。我钻进了一丛姜树长成的圆圈里。中间是空的，我把拖鞋脱了当垫子坐着。打开报纸包着香喷喷的椰浆饭烧猪肉，津津有味的吃起来。吃到一半，突然意识到偌大的树林里，只有我一个"人类"而已。看看四周都没有别人了。只听见偶尔远处传来的村里妈妈叫骂小孩的声音。

外边晒着热带猛烈的太阳，我坐在树荫下，空气凉凉的，鸟叫声，鸡啼，虫叫，风声……这是我人生第一次

意识到，宁静。

宁静，真美好。尤其是配着

椰浆饭和烧猪肉。

智慧。

老家侧边有棵芒果树，树下有个大鸟笼，养过好多鸟，金丝雀，八哥，麻雀等。但后来就空着了。我常坐那儿边上的走廊发呆。反正有一天想着想着，不知道那里生出来的灵感，我跟自己说：嗯，人，应该要越活越好，所以，我一定要比以前活得更好。

那时应该是11岁吧，那一刻

我突然很"哲学"的思考出很"智慧"的东西。

美。

刚上高中时，超爱听黄舒骏的歌。青葱岁月，有天晚上睡不着，把床搬到房间外头，走廊上的窗边。在二楼，透过窗，可以看到屋后椰林和远处的田野。老旧式的Player转着卡带，黄舒骏唱着《醉舞》月光泻了进来。"我们跳着醉舞，今生今世不怕孤独，即使彼此多寂寞，也没有一丝痛苦……"月光下，椰树轻轻的晃着，叶梢发出沙沙沙的声音。突然感到一种永恒的东西，时间不存在了，就觉得很美，很深沉，很悲伤的美。因为不知道为什么，每次闭上眼，回想起这段片刻，心都会很难过，甚至有一点点痛。

日出

也是那个年纪，我喜欢上了摄影。清晨早早起来，冷风里，骑着摩托车到田里，然后等太阳升起。扛着脚架和相机，穿着拖鞋，我踩进沾满露珠的草里。像课本上读到的成语“沁人心脾”，啊～就是那种感觉了，不只脚是清凉的，满颗心都！

其实照片拍得不怎么样，最美的是早晨来拍日出这件事情本身。我想以后要离开这世界前，想到曾经拥有过这样的片刻，我的嘴角会上扬，微笑。

P/S：最近在阿里山拍日出，我前面也有另一个人在拍。一边抽着烟，他站在摄影机前，一张一张的按下快门。我觉得他很美，我也很美。可是背后有一群大叔在那里叽哩呱啦，做现场直播，泡美眉。关于看流星雨时许愿会灵的传说，我们都知道。麻烦大家告诉大家，关于日出，也有一个传说，就是在看太阳升起来的时候，如果可以一直保持安静和沉默，当时心里想的事，便可以实现。

来，带你去散步

也许你现在深锁眉头，想不通一些事情。

也许你此刻压力很大，思绪纠缠。

也许你肩膀僵硬了，嘴唇抿紧了。

也许你还是在想，还是不懂。

可能是在深山一条无人的小径，

或许是在灯火阑珊的小巷。

想不通了，烦恼了，我喜欢，去，散步。

走着走着，心会像一条小溪水慢慢流过。

总会有一阵清风，

你呼一口气，什么都清楚了，

也是一种人生至高的享受呀……

也许有些时候，要花点钱，比如去旅行。

但大部分时候，是免费的。

It's free. Let's have a walk.

头脑用太多了，就用脚来呼吸吧。

来，带你去散散步……

安眠药

当艺人是很可怜的。

在美食面前，常常在吃与不吃之间痛苦挣扎。最后，往往是忍不住而吃过了头，一边回味食物的美味，一边无限悔恨。

在镜头里，人的脸一般来说，都会看起来稍稍比平时胖些。加上我的脸天生轮廓圆圆的，再配上家族的标记——双下巴，每次看到荧幕上的自己，都恨不得自己再瘦些。经纪人又常常看着我狼吞虎咽忘我地吃大餐，无可奈何苍凉地摇头叹息。看着她如此可怜的模样，我于是下了狠心要减肥了！

少吃些，吃少些！午餐和早餐一起吃，分量减半。晚上上台表演前，只吃几颗馒头。表演结束后吃些许米饭，喝点汤（表演后血糖会突然降低，所以得吃东西）。然后赶紧上床睡觉。时间滴滴答答过去，我在床上翻来覆去……

居然失眠了！经过几次失败的挣扎后（最惨那次挨到天亮），

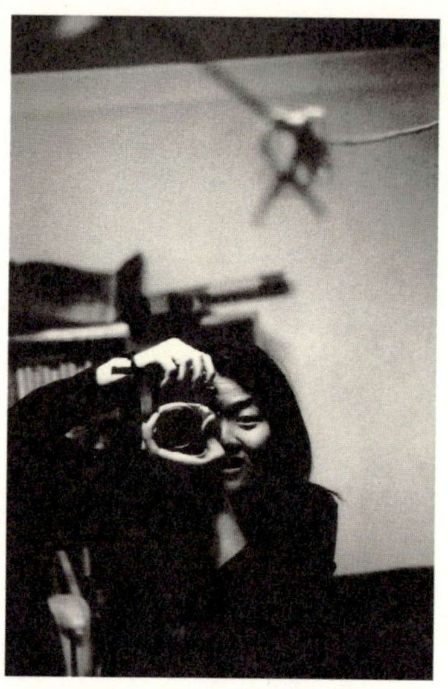

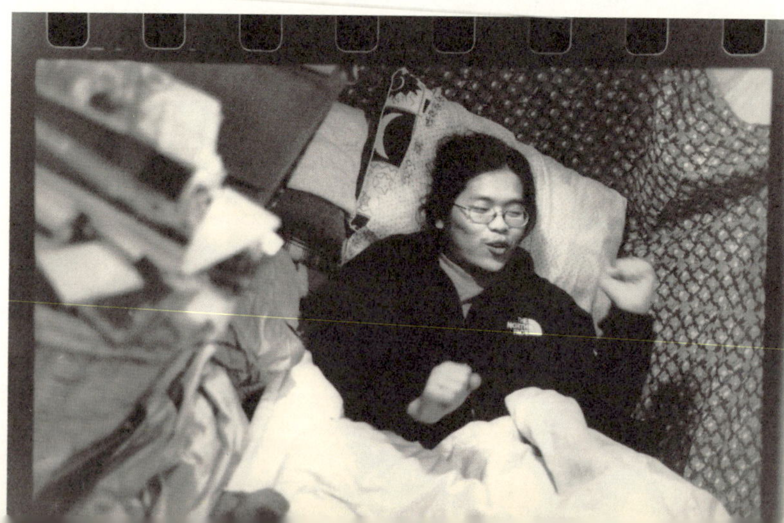

最后我只好乖乖起身吃“安眠药”，方才睡得着。药方——快熟面一包，大火滚水后，丢进锅里烫三分钟，干捞起来过冷水，拌酱油撒些许盐和味精。打开冰箱，将剩余的青菜、蘑菇等，切丁后煮水；最后再来一颗八分熟水煮蛋。一起下面，痛快也。宵夜，是我的安眠药。吃完刷个牙，看两行书。不久，恬然然入梦，呼呼大睡。

后记：写完这篇文章时，窗外午后的阳光正灿烂。节食行不通，我只好多做些运动锻炼身体了。前几天拍戏遇到郭富城，他说简单，只要一天做600下仰卧起坐，就能有他那么结实的腹肌了。于是我先定下今年生日前，一天做60下。读者大人您若不介意的话，此时暂时放下此书10秒，双手合十，帮我祈祷一下下，保佑我，减肥成功。

2012年3月24日午后

安眠药

当艺人很可怜的。

在美食面前，常常在吃与不吃之间痛苦挣扎。最后，往往是忍不住而吃过头了。一边回味食物的美味，一边无限悔恨。

在镜头里，人的脸一般上，都会看起来稍稍比平时胖些。加上我的脸天生的轮廓圆圆的，配上家族的标记，双下巴。每次看到荧幕上的自己，都恨不得自己再瘦些。经纪人又常常看着我狼吞虎咽忘我的吃大餐，无可奈何苍凉的摇头叹息。看着她如此可怜的模样，我于是下了狠心要减肥了！

少吃些，吃少些！午餐和早餐一起吃，份量减半。晚上上台表演前，只吃几颗馒头。表演结束后吃些许米饭，喝点汤（表演后血糖会突然降低，所以得吃东西），然后赶紧上床睡觉。时间滴滴答答过去，我在床上翻来复去……居然失眠了！经过几次失败的挣扎后（最惨那次撑到天亮），最后我只好乖乖起身吃"安眠药"。方才睡得着。药方一一块熟面包，大大杯水后，丢进锅里烫三几分钟，再捞起来过冷水，拌酱油撒些许盐和味精。打开冰箱，将剩余的青菜蘑菇等，切了后煮水，最后再来一颗八分熟水煮蛋。一起下面，痛快也。宵夜，是我的安眠药。吃完刷个牙，看两行书。不久，悠然入梦，呼呼大睡。

P/S：写完这篇文章时，窗外午后的阳光灿烂。节食行不通，我只好多些运动锻练身体了。前几天拍戏遇到郭富城，他说简单，只要一天做600下仰卧起坐，就能有他这么结实的腹肌了。于是我先定下今年年生日前，一天做60下。读者大人您若不介意的话，此时暂时放下此书30秒，双手合十，帮我祈祷一下，保佑我，减肥成功。

3.24.2012.午后.

我能看到最浪漫的事，每每黄昏，阿爸就会用当年他追求阿莲的老摩托车，载阿莲去扔垃圾袋。

然后，夕阳下，阿爸轻哼着老恋曲，跟阿莲去“吃风”*。

*注：“吃风”，福建话“呷风”，是指很轻松地去度假，享受人生的意思。

阿呇和阿莲

阿呇

阿呇是我爸爸，我是阿呇的仔。我们是福建人，福建话“缘投呇”，就是帅哥的意思。我爸是超级帅哥，看他年轻时候的照片就知道，哈。他是驾罗里载鱼粉养大我们兄妹一家的。罗里就是卡车，英文 lorry 的直译，得解释一下，要不然只有马来西亚人看得懂。鱼粉其实是将废弃的海产烘干后磨成粉，主要用途是混进蓄养用的饲料中，作为蛋白质的主要成分。废弃的海产也就是指坏掉的鱼、虾、鱼骨，工厂不要的鱼内脏等。都快腐烂掉了，所以那不是一般的腥味……

小时候常常抱怨爸爸很臭；当然，等我长大后才知道，这是赚钱的辛苦，也是养家的骄傲。爸很爱吃鱼，对鱼的要求很高。他尤其爱吃鱼眼珠。最辉煌的一次记录，他不知从哪里弄来五六

颗乒乓球大小的鱼眼珠，搁在一个碟子里放在锅里清蒸。那天我从外头回来，饥肠辘辘的，往厨房找吃的，掀开锅盖一看，五六颗眼珠在那儿狠狠瞪着我——吓!

长年要抬扛很重的货物，爸很健康也很壮。我想，这辈子我的足球技术是超越不了他的了。家里大大小小的奖杯都是他赢回来的。我亲眼看过他踢球的一次，是我小学六年级的时候。那时候他等于我现在的岁数，36、37 岁。已经有肚腩了，打着赤膊，在球场上生龙活虎地跑来跑去。眼看有一记球即将射进他那队的龙门，他猛地跃起，人往后翻，悬在半空中。一记倒挂金钩，把球踢走了。真的，我没有车大炮。之后我上了中学也很能踢球，进了校队，在区赛也踢出过很辉煌的成绩，但我从来没法做到我爸当年的水准，倒挂金钩，高难度耶。

我爸阿峇，是很厉害的。

阿莲

大家都叫我妈妈阿莲。对于我来说，这是世界上最亲切、最美丽的名字。

小的时候，妈妈把我搁在摩托车前的货筐里，载我一起去养猪。上小学了，妈妈用车子载我去补习，参加课外活动。到了中学，她为了让我学画，载我到城里去，每个周末，风雨无阻。中学毕业了，她载我去车站，送我搭长途巴士到吉隆坡念书。每逢假期，都是她到车站载我回家。载完我以后她又开始载我的妹妹，大妹、二妹、三妹……到了前几年，最小的妹妹已经到新加坡修读音乐了。她又开始帮忙照顾我女儿和妹妹的孩子。每天送他们上小学和幼儿园。她常说不懂路，没关系，转一下转一下就懂了。

妈妈爱烹饪。煮东西是她的才华、表演和艺术。厨房是她展现才华的天地和舞台。在这里她煮出一道又一道美味的作品。我们都是她的观众，有口福，虽然发福……可是又很幸福的观众。

一直到女儿出世的那一刹那，我才豁然明白和感受爸爸妈妈的伟大。原来要把我从那么软绵绵的一小团，养到会走路会说话会赚钱，是多么不容易的事。饭都不懂要喂多少，而且少喂一餐都不行。还有穿的、教育、玩的……

爸，妈，辛苦你们了。谢谢你们给予我们这么美丽的一个家。

阿爸和阿莲

阿爸（念BHA，第二声），是我爸爸，
我是阿爸的仔。我们是福建人，福建话
缘投爸，就是帅哥的意思。我爸是超级
帅哥，看他年青时候的照片就知道，哈。
他是驾罗里载鱼粉养大我们兄妹一家的。
~~题目是《爸爸》时都会这~~
~~以前作文练习，~~
罗里就是卡车，英文Lorry的直译，得解释
一下，要不然只有马来西亚人看得懂。鱼粉
其实是将废弃的海产烘干后磨成粉，主要
用途是混进畜养用饲料，作为蛋白质主
要成份。废弃的海产也就是指坏掉的
鱼、虾、鱼骨、丁不要的鱼内脏等，都
快腐烂掉了，所以那不是一般的腥味……
小时候常常抱怨爸爸很臭；当然，

等我长大后才知道，这是赚钱的辛苦，也是养家的骄傲。爸很爱吃鱼，对鱼的要求很高。他尤其爱吃鱼眼珠。最辉煌的一次记录，他不懂那里弄来五、六颗乒乓大小的鱼眼珠，摆在一碟子放在锅里清蒸。那天我从外头回来，饿肠叽叽，往厨房找吃的，掀开锅盖一看，五、六颗眼珠在那儿狠狠地瞪着我——吓！

长年要抬扛很重的货物，爸很健康也很壮。我想，这辈子我的足球技术是超越不了他的了。家里大大小小的奖杯都是他赢回来的。我亲眼看过他踢球的一次，是我小学六年级的时候。那时候他等于我现在的岁数，36、37岁，已经有肚腩了，打着赤膊，在球场上生龙活虎的跑来跑去。眼看有一记球即将~~射~~射进他那队的龙门~~者~~，他猛地里跃起，人往后翻，悬在半空中，一记倒挂金钩，把球踢走了。真的，我没有车大炮。之后我上了中学也很能踢球，进了校队，在区赛也踢出过很辉煌的成绩，~~但我知道~~但我从来没法做到我爸~~那~~当年的水准，倒挂金钩，高难度地。我爸阿爸，是很厉害的。

阿莲

大家都叫我妈妈阿莲。对于我来说这是世上最亲切最美丽的名字。小的时候，妈妈搁在摩多车前的货栏里，载我一起去养猪。上小学了，妈妈用车子载我去补习，参加课外活动。到了中学，她为了让我学画，载我到城里去，每个周末，风雨不改。

中学毕业了，她载我到车站，

送我搭长途巴士到吉隆坡念书。每逢假期，都是她到车站载我回家。载完我以后她载我的妹妹。大妹、二妹、三妹……到了前几年，最小的妹妹已经到新加坡修读音乐了。她又开始帮照顾我女儿和妹妹的孩子。每天送他们上小学和幼儿园。她常说不懂路，没关系，转一下转一下就懂了。

妈妈爱烹饪。煮东西是她的才华表演和艺术。厨房是她展现才华的天地和舞台，在这里她煮出一道又一道美味的作品出来。我们都是她的观众，有口福又发福，可是很幸福的观众。

女儿出世的那一刹那，我才恍然发现和感受爸爸妈妈的伟大。原来要把我从那一丁点小团软绵绵的，养到会走路会说话会赚钱，是多么不容易的事。饭都不懂要喂多少，而且少喂一餐都不行。还有穿的、教育、玩的……

爸、妈，辛苦你们了。谢谢你们给予我们这么美丽的一个家。

× × × × × × × × × ×

我能想到最浪漫的事，每每黄昏，阿爸就会用当年他追求阿莲的老摩托车，载阿莲去扔垃圾袋。

然后，夕阳下，阿爸轻哼着老恋曲，跟阿莲去"吃风"*。

*注："吃风"是福建话"呷风"，是指很轻松的去渡假，享受人生的意思。

白蚂蚁

老家的小书房闹白蚁。老妈发现为时已晚，大部分以前收藏的书刊文件等，都被蛀成粉屑。抢救的过程，无意间，找到一张照片。那是我刚开始学摄影，拍的第一卷菲林里头的其中一张照片。里边的我，扛着吉他，穿着马来西亚独有的鸭绿色中学制服短裤，背对着镜头，站在椰林夕阳，阳光的余晖里。

那时候我才刚刚上高中一年级。我帮忙华文协会设计他们聚会的小册子。那时候电脑和网络还不普遍，可以上网找图下载打印。一般是在杂志或画册上剪贴一些图画，拼凑排版，然后到书店复印，只能是黑白的。我觉得剪别人的图没意思，打算自己拍。和我叔伯借了台单镜头相机，拉了班上的女同学到老家后边的稻田去拍。那位女同学开始时死活不答应，后来我发誓不拍她的脸，只拍背影她才肯屈就。于是让她穿了连身白裙，扛着吉他，站在田埂上，让我拍了又拍。我那时候什么光圈、速度，连对焦都不懂。找到

的仅存的照片，是她顺手帮我拍的。当年这个把吉他扛在肩膀上的家伙，到现在，还是很爱穿短裤，但他身前那片浴在金黄色阳光里的椰林已经消失，建成豪华别墅了。而那位长发飘飘的女同学，现在已经是几个孩子的妈妈了。要是白蚂蚁没有把其他的照片蛀掉的话，我一定会出卖她的倩影，把照片登在这本书里。

岁月不只像神偷，悄悄地偷走青春；岁月更像白蚂蚁，在你不注意时，无声无息地，将我们的记忆蛀化成，一碰就散掉飘在空中的木头粉屑……

2012年3月30日夜

白蚂蚁

老家的小书房闹白蚁。老妈发现为时已晚，大部份以前收藏的书刊文件等，都被蛀成粉屑。抢救过程，无意间，找到一张照片。

那是我开始学摄影，拍的第一卷菲林，里头的其中一张照片。里面的我，打着吉打，穿着马来西亚独有的鸭绿色中学制服短裤，背对着镜头，站在椰林夕阳，阳光的余晖里。

那时我才刚刚上高中四。我帮忙华文协会设计他们聚会的小册子。那时候电脑和网络还不普遍。可以上网找图下载打印。一般是在杂志或画册上剪贴一些图画，拼凑排版，然后到书店複印，只能是黑白的。我觉得剪别人的图没意思，打算自己拍。

和我叔伯借了台单眼相机，拉了班上的女同学到老家后边的稻田去拍。那位女同学开始时死活不答应，后来我发誓不拍她的脸，只拍背影她才肯屈就。于是让她穿了连身白裙，扛着吉打，站在稻田埂上，让我拍了又拍。我那时候什么光圈，速度连对焦都不懂。找到的仅存的照片，是她顺手帮我拍的。当年这个把吉打扛在肩膀上的家伙，到现在，还是很爱穿短裤。而那位长发飘逸的女同学，现在已经是几个孩子的妈妈了。要是白蚂蚁没有把其他的照片蛀掉的话，我一定会出卖她的倩影，把照片登在这本书里。

岁月不止像神偷，悄悄的

偷走青春；岁月更像白蚂蚁，

在你不注意时，无声无息的，将我们

的记忆化成一碰就散掉飘在空中

木头粉屑……

20.3.2012.夜.

→ 但他身前那片浴在金黄色阳光里的

椰林已经消失，建成豪华别墅区了。

电影和摄影

拍完《初恋红豆冰》之后，有很长一段时间，我都没有欲望拍照片。不知为什么，没有细想这件事。可能是拍太多了……呵……电影一天拍好多镜头，每一个镜头一秒走二十四格等于二十四张照片。

隔了很久，甚至是拍完了第二部电影《金童玉女》之后，才重新拿起相机，享受摄影的乐趣。

电影和摄影虽然都是透过镜头攫取光影，但其实是两回事。

电影是由一连串连接起来的画面，配着声音、语言和音乐，诉说故事。

摄影则是在一连串发生行进的世界里，捕捉某一个瞬间，将那个一刹那永远凝固。

看一张照片，是一场沉默的对晤。照片所凝结的那刹那永恒，像一把钥匙，打开某一段回忆，开启一扇门，通往某一种感觉或梦。

或许看着某张照片，心里会哼起一首歌呢。

和去提景时用来记录的照片不同，那是为了完成另一个目的的过程。真的摄影本身是独立的一项乐趣，像画一幅画、写一首歌。

当光线对了，刚好我站在那个街口，刚好建筑地平线物件几何组合对了，刚好一个人或一只猫走过，刚好那老摩多倚在老墙，刚好刚好……刚好手里拿着相机，最重要的是刚好心情也对。将镜头对焦，咔嚓一声，快门打开，光影进入相机里的同时，心灵也打开了，让灵魂通向了世界。

电影和摄影。

拍完《初恋红豆冰》之后，有很长一段时间，我都没有欲望拍照片。不知道为什么，没有细想这件事。可能是拍太够了……呵……

电影一天拍好多镜头，每一个镜头一秒走二十四格等于二十四张照片。

隔了很久，甚至是拍完了第二部电影《金童玉女》过后，才重新拿起相机，享受摄影的乐趣。

电影和摄影虽然都是透过镜头捞取光影，但其实是两回事。

电影是由一连串连接起来的画面，配着声音语言和音乐，讲述故事。

摄影则是在一连串发生行进的世界里，捕捉某一个瞬间，将那个一刹那永远凝固。

看一张照片，是一场沉默的对话。照片所凝结的那刹那永恒，像一把钥匙，会打开某一段回忆，开启一扇门，通往某一种感觉或梦。也许看着某张照片，心里会哼起一首歌呢。

和去堪景时用来记录的照片不同，那是为了完成另一个目的的过程。真的摄影本身是独立的一项乐趣。像画一副画，写一首歌。

当光线对了，刚好我站在那个街口刚好建筑地平线物件几何组合对了，刚一个人或一只猫走过，刚好那老摩托停在老墙，刚好刚好……刚好手里拿着相机，最重要的是刚好心情也对。将镜头对焦，咔嚓一声，快门打开，光影进入相机里的同时心灵也打开了，让灵魂通向了世界。

ROLL 96
SCENE 44.4.2.4
TAKE 3
CAM BL4
FPS 24
PROD DNA LOVE "生命有Take 2"
SOUND ROLL 13
DIR DICK LEE
527
MAGAZINE 1
CAM TEOH GAY HIAN
DATE 24-3-01

50mm

摄影镜头是以毫米（mm）来算的。300mm 就是 zoom lens，就是大大只的望远镜。

你看体育转播或世界杯球赛时，一群记者架起那种一支一支好像大炮似的镜头，可以把很远很远的东西放大。近的或小一点的就是 200mm，然后 105mm、75mm、50mm、35mm、24mm、16mm 等。不一定，不同厂家会出产不同型号。数字越大，能拍的东西越远，可是角度越窄；数字越小，则代表角度越广。35mm 以下的，叫广角镜，通常用来拍风景。天大地大的时候，用广角镜，才能把那种辽阔的气势拍出来。用广角镜拍人，横着拍时，脸很容易被横着扯宽，看起来就会很肥。肥脸仔如我，最怕这个，因为电影常用广角拍摄，大银幕嘛！ mm 很低很低的叫 fisheye，因为已经是广角镜里的广角镜了，所以拍出来的东西会被扭成圆形的，好像鱼在水面下看世界，中文叫鱼眼。以前拍 MV 时，摄影师会说：“拿

粒‘大眼仔’来！”

还有Micro镜头，还是显微镜焦？唉，又忘了中文怎么叫了……拿来拍小蚂蚁、小昆虫，好好玩的。

对于我来说，mm代表的是拍摄对象和我之间的距离。我喜欢50mm的镜头，因为最靠近我们人一般的视野宽度，所以被称为标准镜头(standard lens)。拍人物时,无论是陌生或熟悉的老朋友，我喜欢用50mm和他们聊聊天，让他们熟悉我了，也让我熟悉他们了，才来拍摄，这样拍照很享受的。当然，也有例外的，有的人在镜头前无论怎样也不自在，那样子只好用105mm或300mm在远处趁他们不注意的时候悄悄地偷拍了。

50mm，不远也不近，刚刚好，人与人之间舒服的距离。

24
BL4
DNA LOVE "生命有Take 2"
SOUND ROLL
13
DICK LEE
MAGAZINE
1
TEOH GAY MIAN
24-5-01

50MM

摄影镜头是以毫米(MM)来算的。300MM就是Zoom Lens，就是大大只的望远镜。你看体育转播世界杯球赛时，一群记者架起那种一支一支好像大炮似的镜头。可以把很远很远的东西放大。近或小点的就200MM，然后105mm，75mm，50mm，35mm，24mm，16mm等。不一定，不同厂家会出产不同型号。数字越大，能拍的东西越远，可是角度越窄；数字越小，则代表角度越广。35mm以下的，叫广角镜，通常用来拍风景。天大地大的时候，用广角镜，才能把那辽阔的气势拍出来。用广角镜拍人，横着拍时，脸很容易被横着拉宽，看起来就会更肥。肥脸仔如我，最怕这个，因为电影常用广角拍摄，大银幕嘛。MM很低很低的叫Fisheye，因为已经是广角镜里的广角镜了，所以拍出来的东西会被扭成圆形的，好象鱼在水面下的眼睛看世界，中文叫鱼眼，以前拍MV时，摄影师会用广东话说："攞粒"大眼仔"来！"

还有Micro镜头，(?)是微近焦，哎，忘了中文怎么叫了……拿来拍小蚂蚁，小昆虫，好好玩的。

对于我来说，mm代表的是拍摄对象和我之间的距离。我喜欢50mm的镜头，因为最靠近我们人一般的视野阔/宽度，所以被称为标准镜头(standard lens)。拍人物时，无论是陌生或熟悉的老朋友，我喜欢用50mm。和他们聊聊天，让他们熟悉我了，也让我熟悉他了，才来拍摄，这样很享受的。当然，也有例外的，有的人在镜头前怎样也无法自在，那样拍照只好用105mm或300mm在远处趁他们不注意的时候悄悄的偷拍了。

50mm，不远也不近，刚刚好，人与人之间舒服的距离。

凤仙花

小时候我们管这个叫凤仙花。不知道这个名字对吗？但没关系，最重要的是，这是我第一次从撒种子开始，种到成功开花的植物。因为，它太容易活了。长大后才知道它是有毒的，小时候不知道还拿来当玩具。因为它的种子一包包的，有点像小叮当的铜锣烧，成熟时，轻轻一捏，里边的小种子会像子弹一样喷出来。我们就摘下来，连花朵呀、叶子呀切切切，辣手摧花，下锅当菜来炒，办家家酒。

现在懂得欣赏了，那些花瓣的红怎么就可以鲜艳得如此不可思议。

常常在诧异，到底是什么力量，让黑黑脏脏的泥土，长出这么干净的绿叶，又开出这么娇艳的花朵来？

凤仙花

小时候我们管这个叫凤仙花。不知道这个名对么？但没关系，最重要的是，这是我第一次从撒种子开始，种到成功开花的植物。因为，它太容易活了。长大后才知道它是有毒的。小时候不知道还拿来当玩具。因为它的种子一包包的，有点像小叮当的铜锣烧，成熟时，轻轻一捏，里边的小种籽会像子弹一样喷出来。我们就摘下来，连花朵丫，叶子切切切，辣手摧花，下锅当菜来炒，办家家酒。

现在懂得欣赏了，那些花瓣的红怎么就可以鲜艳如此不可思议。

常常在诧异，到底是什么力量，让黑黑脏脏的泥土，长出这么干净的绿叶又开出这么娇艳的花朵来？

空气

无论你是住在哪一个繁华超级国际大城市的中心的最高级顶级豪宅开最名贵最顶端时髦跑车抽最高级古巴雪茄喝年份最老最名贵红酒穿最潮时装……那还都不是最奢侈的奢侈。

最奢侈的奢侈原是心无牵挂一身轻，在阳光下呼吸钻石般透明的空气。

空气动的时候是风，不动的时候呢？是某一种安静，我说不出来，解释不了这东西。你站在不远处，静静地，慢慢地就能感受到它了。

很多时候，我拍的不是景，不是人，也不是物，而是，空气。

空气。

无论你是住在那一个繁华超级国际大城市的中心的最高级顶级豪宅开最名贵最顶端时髦跑车抽最高级古巴雪茄喝年份最老最名贵红酒穿最潮时装……那都还不是最奢侈的奢侈。

最奢侈的奢侈原是心无牵挂一身轻，在阳光下呼吸钻石般透明的空气。

~~很多时候，我拍的不是景，不是人，也不是物。是 空气。~~

空气动的时候是风，不动的时候呢？是某一种安静，我说不出来，解释不了这东西。你站在不远处，静静地，慢慢的就能感受到它了。

很多时候，我拍的不是景，不是人，也不是物，而是 空气。

阿牛和阿花的故事

一直到现在，还是常常有人会问我，为什么名叫阿牛？是因为属牛吗？还是因为脾气很牛？后来才知道牛在中国内地是很“牛”的……

呵……

因为我写了一首歌《阿牛和阿花的故事》。在马来西亚，这是大家认识我的第一首歌。很久很久以前，我参加了一个歌曲创作比赛——“海螺新韵奖”，这首歌幸运地拿了冠军。所有人都认为，写这首歌的人一定名叫阿牛……从此，我就变成阿牛了。若干年后，有个算名字笔画的师父说，阿牛是非常、非常好的名字，以后不要再用本名了，危险。

所以，为了我的安全，以后大家就叫我“阿牛”好了。其实叫惯了，我蛮乐意的。只是有时候会蛮不甘愿，阿牛很容易记，对方叫了我的名字，我却记不起他的名字了……

得了奖以后，有了发个人专辑的机会，于是挣扎——到底要继续学业，到美国留学还是留下来唱歌？后来的决定是延后一年到美国，先发一张唱片看看。所以有了《对面的女孩看过来》《踩三轮车卖菜的老阿伯》等等。

没想到第二年爆发的亚洲金融危机，马币对美元的汇率从 2.5 元兑 1 美元跌到 5.6 元兑 1 美元，留学的费用顿时涨了一倍多。就这样，阿牛继续唱歌给你听，唱呀唱，唱到现在……

原来，这已经是 1997 年的事了。不知道你那时候在做什么呢？刚刚上小学？和我一样在青春里为了理想在挣扎？才刚出世？……

《阿牛和阿花的故事》，原是我生命里遇上的第一个路口。前方是两条位置的分岔路。虽然，我知道想了也没什么用。可是偶尔，就是忍不住地会幻想，如果回到当初的路口再给我选择一次，我会走同样的路吗？倘若，我选的是另外一条路，不知道现在会是怎样的呢？

2012年4月9日

《阿牛和阿花的故事》

一直到现在，还是常常有人会问我，为什么名叫阿牛？是因为属牛的吗？还是因为脾气很牛？后来才知道牛在中国内地是很"牛"的……呀……

因为我写了一首歌，《阿牛和阿花的故事》。在马来西亚，这是大家认识我的第一首歌。很久很久以前，我参加了一个歌曲创作比赛，"海螺新韵奖"，这首歌幸运的，拿了冠军。所有人都认为，写这首歌的人一定名叫阿牛……从此，我就变成阿牛了。若干年后，有个算名字笔划的师父说，阿牛是非常、非常好的名字，以后不要再用本名了，危险。所以为了我的安全，以后大家就叫我"阿牛"就好了。其实叫惯了，我蛮乐意的。只是有时候会蛮不甘愿，阿牛很容易记，对方叫了我的名字，我却记不起他的名字了……

得了奖以后，有了发个人专辑的机会。

于是挣扎——到底要继续学业，到美国留学；还是留下来唱歌？后来的决定是延后一年到美国，先发一张唱片看看，所以有了《对面女孩看过来》《踩三轮车卖菜的老阿伯》等等。没想到隔年爆发的亚洲经济风暴。马币对美元的汇率从2.5元兑1美元，跌到5、6元兑1美元。留学的费用登时涨了一倍多。就这样，阿牛继续唱歌给你听，唱呀唱，唱到现在……

原来，这已经是1997年的事了。

不知道你那时候在做什么呢？刚刚上小学？和我一样在青春里为了理想在挣扎？才刚出世？……

《阿牛和阿花的故事》，原是我生命里遇上的第一个路口，前方是两条未知的分叉路。虽然，我知道想了也没什么用，可是偶尔，就是忍不住的会幻想，如果倘若，我选的是另外一条路，不知道现在会是怎样的呢？

回到当初的路口再给我选择一次，我会走回同样的路么？

9.4.2012. 阿牛

奥斯卡影帝

你说你说……你坐在那儿吃饭，这位黑狗大兄站在一旁，就用这样的眼神看你，你狠得下心不理它吗？它就这样站着，不吠也不叫，就这样看着你，你能不分它两块香的尝一尝吗？

这种眼神只有深沉的演员才做得出来，黑狗大兄的演技很内敛，这家伙，奥斯卡影帝来的！

奥斯卡影帝

你说你说……你坐在那儿吃饭。

这位黑狗大兄站在一旁，就用这样的眼神看你，你狠得下心不理它吗？它就这样站着，不吠也不叫，就这样看着你，你能不分它两块香的尝一尝么？

这种眼神只有深沉的演员才做得出来，黑狗大兄的演技很内敛，这傢伙，奥斯卡影帝来的!!

大宮八幡宮

那一刻last篇

哭泣的自己和微笑的自己

要拍哭泣的那场戏的早上，我发脾气了。《初恋红豆冰》里，因为自导自演，所以把男主角大部分的戏都写得比较轻。可是这场戏相当地重，也很关键。女主角打架鱼终于离开男主角Botak，离开小镇。Botak郁郁寡欢，不知道自己在压抑着失去喜欢的人的难过，一直到有一天爆发出来，于是慌张地逃离人群，走到一个无人的角落哭泣。

戏选在一堵老墙边拍，架好机器后才发现要站的位置，原来是个蚂蚁窝。心急的工作人员拿了杀虫剂不由分说地喷了满地。我看到的时候就急了，发起火来，乱哭了一通。这时发现了隔壁的走廊。早晨的阳光，透过一根根苍老的石柱，洒在地上。老天给的，美得不得了。赶紧请剧组把摄影机架过来，阳光从来不等人的。

其实我很紧张也很害怕，要在众人面前落泪。我是很爱哭，但在那么多人面前，我没什么把握。试了好几个方法来帮我。执行导演说了些伤感的故事给我听；编剧跑来和我说起他母亲的事；自己在那儿哼平时一唱鼻子就酸的《鲁冰花》……天上的星星不说话，地上的娃娃想妈妈……弄了很久。原来，这是第一次要演哭戏。忘了后来是怎样的，反正突然我就哭了起来。

只记得涌出的眼泪模糊了视线，心很酸很难过。同时，有一种畅快。鼻涕一直流，胸口不停地抽搐。摄影师眼明手快开始拍摄。整个剧组静下来，Botak 就在那儿哭着哭着。突然觉得有另一个自己在抽离。抽离的自己在看着哭泣的自己。我感觉到一阵清凉的风吹来，吹得眼前绿得透明的蕨叶，晃呀晃……剧本是这样写的：

阳光灿烂，鸟语花香。

Botak 捧着咖啡盘，站在斑剥的老墙边哭泣。

一个微笑的自己在看着哭泣的自己。天呀，我在拍电影耶。而且拍着自己想拍的意境，美丽的镜头，悲伤但是美丽的故事。

那个当下，哭泣的自己就这样继续地哭着，微笑的自己继续微笑着……

→ 那一刻的Love篇.

哭泣的自己和微笑的自己

要拍哭泣的那场戏早上，我发脾气了。《初恋红豆冰》里，因为自导自演，所以把男主角大部份的戏都写得比较轻。可是这场戏相当的重，也很关键。女主角打架后终于离开男主角Botak，离开小镇。Botak郁郁寡欢，不知道自己在压抑着失去喜欢的人的难过，一直到有天爆发出来，于是慌张的逃离人群，走到一个人角落哭泣。

戏选在一副老墙边拍，架好机器后发现要站的位置，原来是个蚂蚁窝。心急的工作人员拿了杀虫剂不由分说的喷了满地。我看到的时候就急了，发火起来，乱哭了一通。这时发现了隔壁的走廊。早晨的阳光，透过一根根发光的石柱，洒在地上。老天给的，美得不得了。赶紧请剧组把摄影机架过来，阳光从来不等人的。

其实我很紧张也很害怕，要在众人面前落泪。我是很爱哭，但在那么多人面前，我没什么把握。

试了好几个方法来帮我。执行导演说了些伤感的故事给我听，编剧跑来和我说起他母亲的事；自己在那哼平时一唱鼻子就酸的《鲁冰花》……天上的星星不说话，地上的娃娃想妈妈……弄了很久。原来这是第一次要演哭戏。忘了后来是怎样的，反正突然我就哭了起来了。

只记得涌出的眼泪模糊了视线，心很酸很难过同时，有一种畅快。鼻涕一直流，胸口不停的抽搐。摄影师眼明手快开始拍摄。整个剧组静下来，Botak就在那儿哭着哭着。突然觉得有另一个自己在抽离。抽离的自己在看着哭泣的自己。我感觉到一阵清凉的风吹来，吹得眼前绿得透明的蕨叶晃呀晃……剧本是这样写的：

△阳光灿烂，鸟语花香。

Botak捧着咖啡壶，站在斑驳的老墙边哭泣。

一个微笑的自己在看着哭泣的自己。

天呀，我在拍电影吧，而且拍着自己想拍的意境，美丽的镜头，悲伤但是美丽的故事。

那个当下，~~微笑的自己继续微笑着~~

哭泣的自己就这样继续的哭着

微笑的自己继续微笑着……

永儿

在永儿一岁的时候，有一次，她踩到我不小心撒在地上的CD。于是我告诉她说，你不要踩我的CD。

然后她就哭，大哭，很委屈地哭。

隔了大概两个礼拜，她又刚好经过我撒在地上的CD盒。她的脚就踩下去，觉得很好玩的样子。我在一旁，我看她，她也看我。她意识到我马上要说她了。然后，她就握紧双手，对着我吼。

我被她怔住了。完全。然后她又踩了一下，走。

从那一刻开始，我知道我这辈子是镇不住她的。

所以，我不骂她，骂也骂不过她。

我想，这辈子，我只能对她“老奸巨猾”。

后来，我发现我无法做一般意义上的好爸爸。常常陪着她，送她上学，接她放学，陪她做功课，开家长会。

因为这样，以前我会为了尽到责任，即使很累，也陪着她，做一些父亲应该做的事情。可是，每次我很累，就很快没有了耐心。她也觉得没趣。后来,我发现我不必那么用力地去爱她。有时，回到家累了，就先睡。睡够了，陪她做她喜欢的事情。陪她画画，画她喜欢的小动物。教她涂颜色。慢慢，我不再感到疲惫。和她在一起，感到轻松了、享受了。

她喜欢住乡下,我就让她住乡下。三四岁时,她去过一次台北。她不喜欢台北，吵着要回来。后来再也不想去台了。因为那里没有小鸡可以养，没有狗，也没有小朋友。

现在她的宠物是一群野狗。她在乡下的稻田里自己偷偷养了一群野狗，还让我不要告诉她奶奶。

我觉得小孩子更容易接受的是身教，所以我不太说教她。

她喜欢看书，因为我爱看书。她现在连走路的样子也像我。她也不会像有些小孩，要跟着爸妈。因为她像我，也很自我。

她成绩很好，特别是生物科学，但不喜欢马来文。

我爸也喜欢动物。在家里，两个人养鱼，也养狗，经常为了这些问题争个面红耳赤。比如我看过的那条泥鳅比你看过的泥鳅大，吵得我妈也不知怎么办好，让我劝。我就说："永儿，你就不能让让你爷爷吗？"每当这时候，她都一副老人家的脸。唉。

她已经快和我差不多高了。体格大,胖胖的,和我小时候一样。喜欢交朋友，是村里的孩子王。

每到过节，她振臂一呼，其他小朋友就都来了。她牵着她的大狗，带着小朋友们玩啊、玩啊，直到黄昏回到家里哭。因为忘记吃饭，肚子饿了。

我不会因为她考得好而奖励她，我会告诉她，今天我们很开心，所以一起去吃冰淇淋吧。

我也不想去批评现在的教育体制。她的生物知识很强，因为她读的书是她妈妈从台北寄过来的，所以往往她的生物资讯甚至比老师还要多。我会告诉她，现在的学习只是一个当下，是你要经历的东西，但不是全部。不要学别人，要做自己的东西。

在教育上，我觉得小孩是要摔的。那是直到我在自己的人生路上摔了，才明白的。我回想我小时候，爸小心翼翼，怕我跌倒，但结果我还是跌倒了。

那天下午，我教她骑自行车。我爸教她时，不敢松手，怕她摔。于是我教她。她骑出一段路，我就在后面松开手，结果她摔了，哇哇哭，我却哈哈大笑。结果她摔了几次就学会了。

学会的那刻，我忽然发现，这是个特别美丽的当下。美丽的下午。在她的人生中，这个下午会是一个很特别的记忆。

会骑自行车后一段时间，我第一次带她到后面的稻田去。之前她都是在家附近骑的，但这次带她去的地方很大，可以骑十公里那种。一路上，我在一旁跟着跑步，一直很小心翼翼。虽然路上没有车，但我还是会担心有摩托车什么的。我对她说："儿，不要离爸太远。你在我前面骑就好了。"

可是，骑了一会儿，她看到也没有什么车，就忽然走了。她一加速，头也不回地骑走了。

前面是一个十字路口，我喊都来不及。好生气又担心。可是回头看才发现，她其实和我一样。我当初也是这样，头也不回地离开家，去吉隆坡寻找理想。

从那天开始，我就放开了。我想可能有一天，当她看到自己的人生理想时，就会向她要的东西，头也不回地奔去……

现在我唯一担心的，是儿挑食的习惯。如果你是儿的朋友，并且读到这篇文章，请你转告她，她爸爸叫她不要挑食，多吃蔬菜，要不然就会长很多粉刺的。

我要为你唱首歌

太阳快下山了，天要黑了，晚风吹起了，
最后一丝阳光照在你脸上。
你手里那朵花，和你的笑，飞扬的头发，
美得如此温暖，叫人会感伤。
我想为你唱一首歌，歌里有一个地方，
可以让你躲藏，陪着你的孤单。
让我为你唱一首歌，歌里有一个地方，
即使沧海桑田，还有星星月亮。
未来日子漫长，谁能期盼，又会怎么样。
给你靠的肩膀，能否地久天长。
也许世界变了，末日到了，花儿都谢了，
怎能让你悲伤，我只能歌唱。
我要为你唱一首歌，歌里有一个地方，

可以让你躲藏，陪着你的孤单。

让我为你唱一首歌，歌里有一个地方，

即使沧海桑田，还有星星月亮。

我要为你唱一首歌，歌里有一个地方，

可以让你躲藏，陪着你的孤单。

让我为你唱一首歌，把黑夜唱到天亮，

用我所有坚强，我所有的力量。

记得那个夏天，那一瞬间感动我的画面，

我有了个心愿，要你幸福永远。

2012年4月11日黄昏

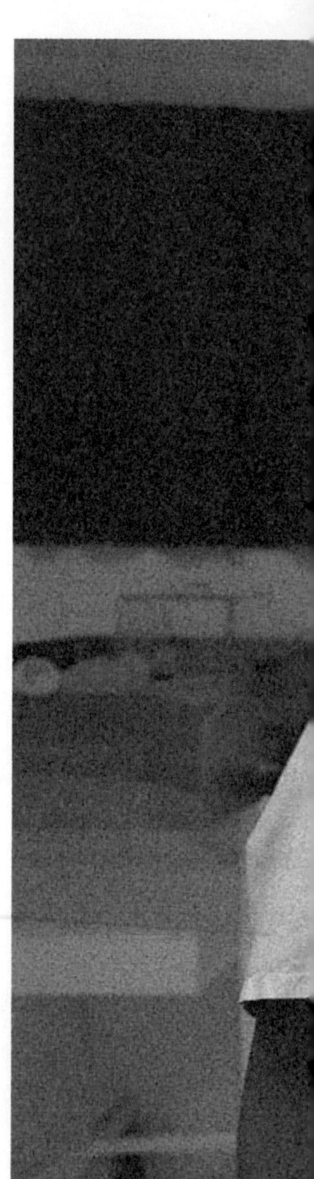

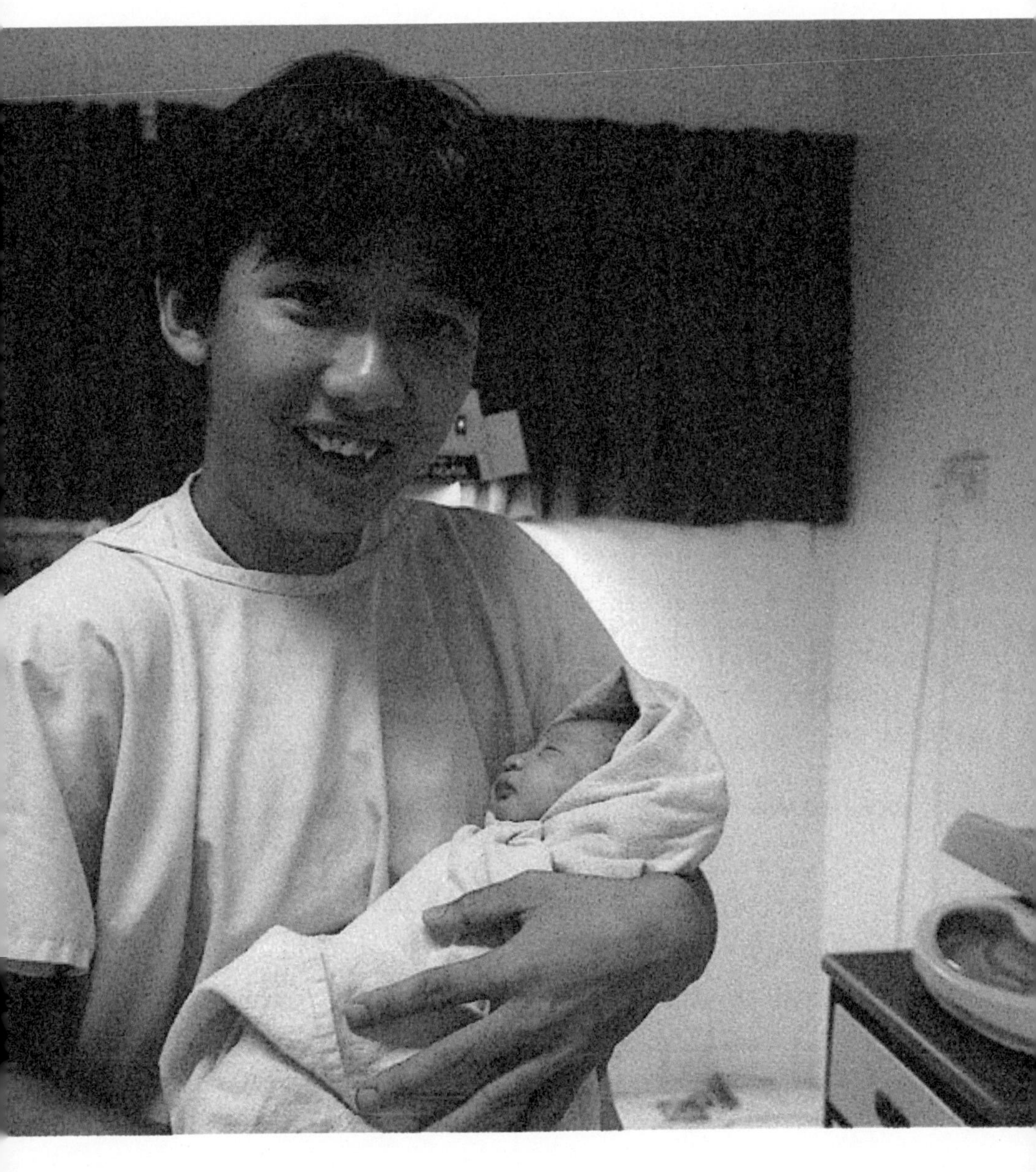

让我为你唱首歌

太阳光快下山了 天要黑了 晚风吹起了
最后一丝阳光照在你脸上。
你手里那朵花和你的笑 飞扬的头发
美得如此温暖 叫人会感伤

我想为你唱一首歌 歌里有一个地方
可以让你躲藏 陪着你的孤单
让我为你唱一首歌 歌里有一个地方
即使沧海桑田 还有星星月亮

未来日子漫长 谁能期盼 又会怎么样
给你靠的肩膀 能否地久天长
也许世界变了 末日到了 花儿都谢了
怎能让你悲伤 我只能歌唱～
我要为你唱一首歌 歌里有一个地方
可以让你躲藏 陪着你的孤单
让我为你唱一首歌 把黑夜唱到天亮
用我所有坚强，我所有的力量。

记得那个夏天 那一瞬间感动我的画面。

我有了个心愿 要你幸福永远。

张杰 11.4.2012. 黄留.

* 放在《如此》那篇文章后头。手抄歌词.

所谓自由

所谓自由，就是了解自己的限制。

——2000年，中国台北

鱼在水里能自由自在地游泳，

但它不能飞。

鸟能在天空自由自在地飞翔，

但它没有手。

人，不能飞，但手可以写字，可做很多鸟和鱼都做不到的东西。

现实，

不是理想 / 梦想的阻碍，

而是兑现理想 / 梦的筹码。

——2005年，中国香港

所谓自由，

就是了解自己的限制。—2000
台北。

→ 鱼在水里能自由自在的游泳
但它不能飞。鸟能在天空
自由自在的飞翔，但它没有手。
人，不能飞，但手可以写字，可
做很多鸟和鱼都做不到的东西。

现实 不是理想/梦想的阻碍
而是兑现理想/梦的筹码。
2005.香港。

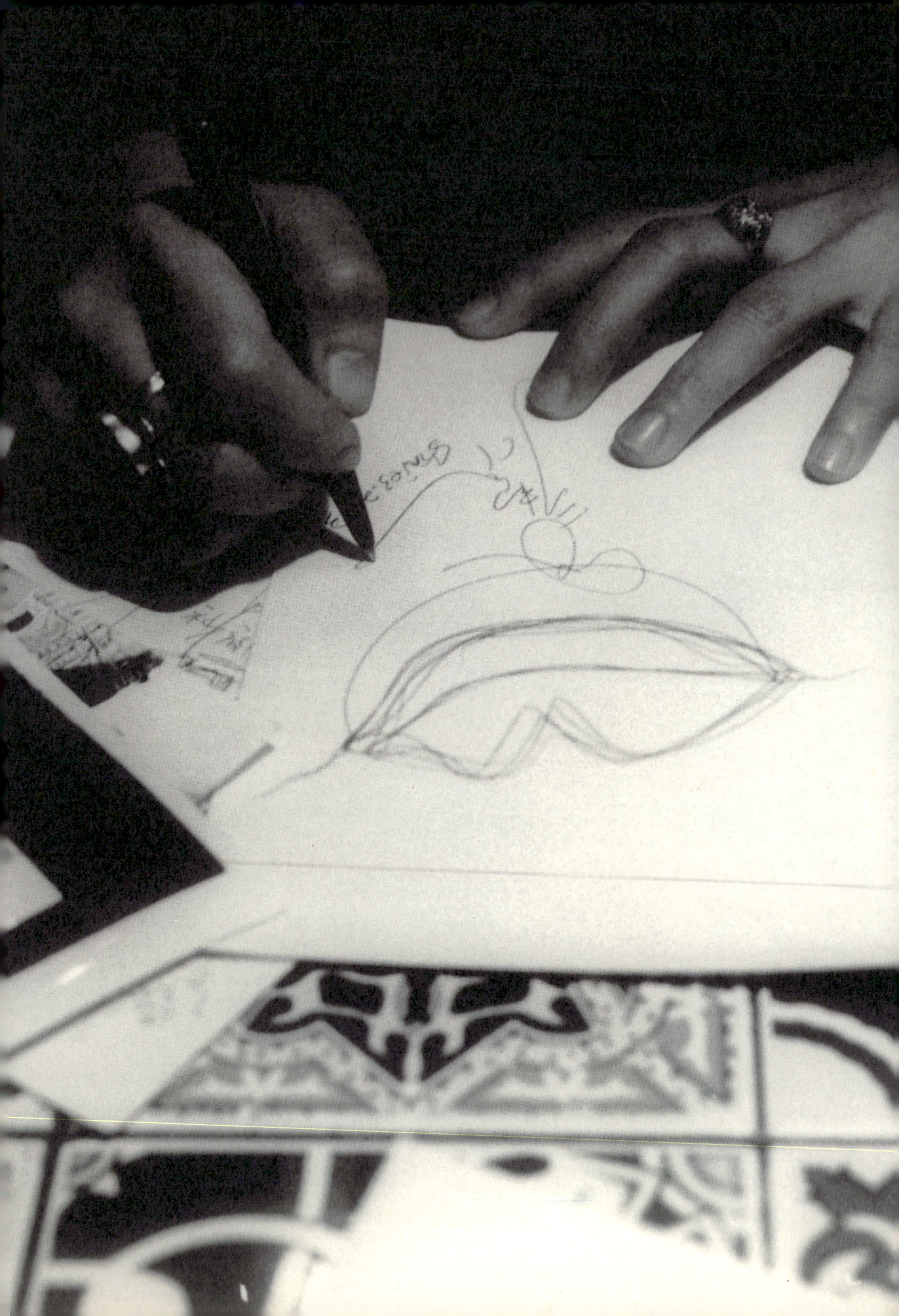

习惯

喜欢用铅笔起草稿。

先不忙着写，但坐好，用两毛钱一把的美工小刀，一下一下地将笔嘴削尖。这样做的同时，仿佛也在将自己的心思一点一点集中到了笔尖。

是小时候学画画养成的习惯吧，但忘了到底是因为喜欢这样做而养成的习惯，还是因为习惯了而喜欢。

习惯

喜欢用铅笔起草稿。

先不忙着写，但坐好，用两毛钱一支的美工小刀，一下一下地的将笔咀削尖。这样做的同时，彷佛也在将自己的心思一点一点集中了削尖。

是小时候学画画养成的习惯吧。

但忘了到底是因为喜欢这样做，而养成的习惯；还是因为习惯了而喜欢。

5B

喜欢5B以上的铅笔。

重点

重点是如何在机会里看到危机，

在危机里发现机会。

2011年2月17日

阿牛手迹

变化

录音

以前录音要用好大好大一盘磁带。宽约一寸的磁带，卷成一大卷，一盘要几公斤。录完后提在手里，沉甸甸的，很实在。现在的科技越来越进步。终于，以前的幻想可以实现，装置一些简单的设备，我可以在家里录音了。录完后，制作人来我家里，要把东西过出来拿回录音室处理。只见他拿了个小小的 USB（移动硬盘)，插在电脑上，将数据转过去。方便又简单，比起以前要用大机器、胶片或磁盘，环保多了。拍电影也一样，都逐渐在数码化。看着看着，有时心底还是不太能接受，创作的重量和那一个小小的 USB 的重量比例……呵，太轻了，总觉得以前那沉甸甸的录音母带，才是承载了音乐和电影创作的重量。

拆

终于，出生长大的村子拆了。

我不知道我住了那么久的新村以前的模样。听大人说加上在老照片里看到的，应该是一片椰林。

上世纪70、80年代时开始陆续盖起了房子，然后铺了柏油路。修修补补的，几十年来没多大变化。一直到前两年地主将这块地卖了，于是村子将拆掉盖上新的洋房。

趁还有机会，多拍几张照。以后可以拿着照片，指一指说："这里，这里……是以前我们赤脚踢球的路，球是用报纸扎的，那时还是黄泥路呢……那里，那里是教女儿骑自行车的地方，她摔了好几次呢……"

在爷爷奶奶的回忆里，这里是一片椰林；在我的回忆里，这里是新村。新的房子，以后是别人的家的回忆，再以后不知道又会怎样呢？

地球一直转一直转，世界继续呼吸，持续变化……变化……变化……

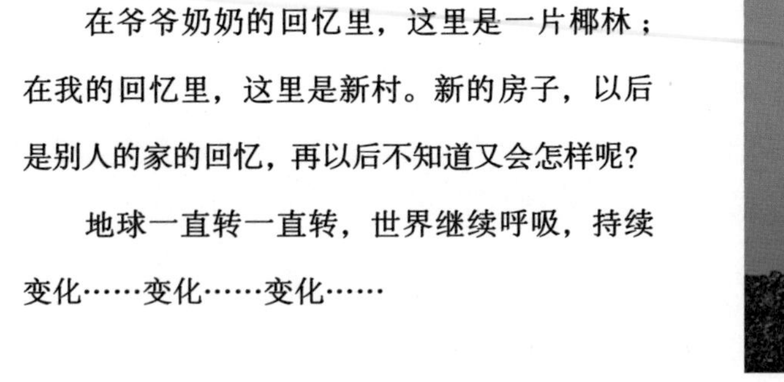

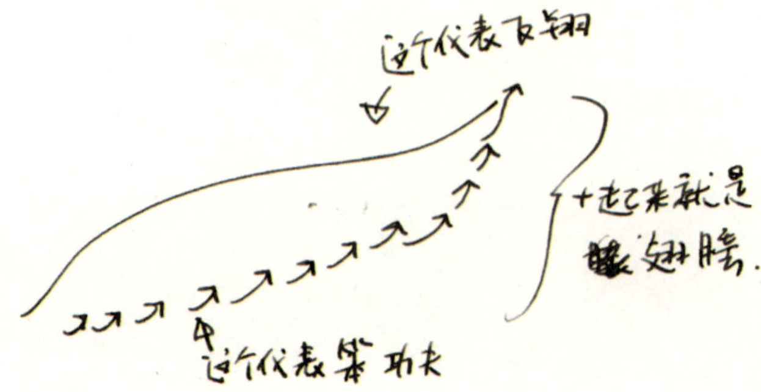

这是拍《初恋红豆冰》时画的。意思是说把大的事情分成一小块一小块，用最笨最稳的方式，一小块一小块完成。每一小块完成就往上走一些。累积起来就好像把一支一支的羽毛集合在一起——量变引起质变，到了某个程度，变成翅膀，飞翔起来。

变化

①录音

以前录音要用好大好大一饼磁带。宽约一吋的磁带，捲成一大捲，一盘要几公斤。录完后提在手里，沉甸甸的，很实在。现在的科技越来越进步。终于，以前的幻想可以实现，租装置一些简单的设备，我可以在家里录音了。录完后，制作人来我家里要把东西过出来拿回录音室处理，只见他拿了个小小的USB（移动硬盘）插在电脑上，将数据转过去。方便又简单，比起以前要用大机器，胶片或磁盘，环保多了。拍电影也一样，都逐渐在数码化。看着看着，有时心底还是不太能接受，创作的重量和那一个小小的USB的重量比例……呵，太轻了，总觉得以前那沉重甸甸的录音母带，才是乘载了音乐和电影创作的重量。

②拆

终于，出生长大的村子拆了。

我不知道我住了那么久的新村以前的模样。听大人说加上在老照片里看到的，应该是一片椰林。七、八十年代时开始陆续起了房子，然后铺了柏油路。修修补补的，几十年来没有大变化。一直到前两年地主将这块地卖了。于是村子将拆掉起新的洋房。

趁还有机会，多拍几张照。以后可以拿着相片，指一指说：这里、这里……是以前我们赤脚踢球的路，~~球是~~球是用报纸扎的，那时还是黄泥路呢……那里、那里是叫她踏脚车的地方，她摔了好几次呢……

在奶奶爷爷回忆里，这里是一片椰林；在我回忆里，这里是新村、新的房子，以后是别人的家的回忆，再以后不知道又会怎样呢？

地球一直转一直转，世界继续呼吸，持续变化……变化……变化……

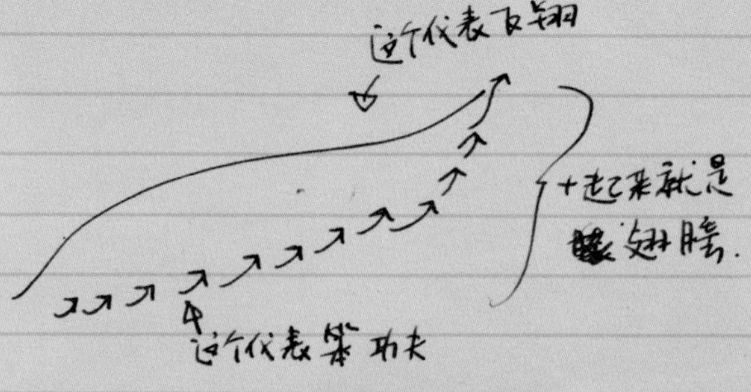

拍《初恋红豆冰》时画的。

意思是说把大的事情分成一小块一小块，用最笨最稳的方式，一小块一小块完成。每一小块完成就往上走一些了。累积起来就好像把一支一支的羽毛集合在一起——量变引起质变，到了某个程度，变成翅膀，飞翔起来。

心好，人好；人好，事好

拍完《初恋红豆冰》的那天，我发现自己欠了六十几万，而且还要大概三四十万，才能把这部电影的后期制作完成（加起来约两百万人民币）。

当时，我的储蓄也几乎用得差不多了。那是2009年中的事了。很长一段时间，和朋友提起这件事，我都说那是因为原来的投资者临开拍前突然退出了，在没有资金的状况下开拍，才会导致很多很严重的后果。

一直到写这本书，回首想一想，这样说对投资者是不公平的；我想，责任还是在我的身上。

开拍前，其实有一个可以喊停的机会，可是我还是决定了要继续往前走。因为非常难得终于把所有演员聚集了；题材是讲初恋，已经等了太久了，再等真的就老了，这辈子，也许就只有这次机会，可以拍心中想拍的电影。

犹记得召开记者宣传会前几天，宽姐*在电话里，非常担心和凝重地劝我："牛，资金没到位，千万不要开拍……"

后来的过程是很恐怖的。对我来说，已经不是后悔不后悔可以形容的了。现在回想还会害怕，一边拍一边忧愁没有资金。每天都不知道第二天能否继续开拍，也不能让剧组和演员们知道，怕影响整体的情绪。拍摄结束后，整整一个半月吧，我是躲在家里哭的。真的在哭，不是说笑，也不是形容词。因为不懂该怎么办，不知道要上哪里去找一百万。因为资金的问题，公司闹得四分五裂的，找到资金前，还得把公司的内部矛盾调解好……

我家住宅区后边，有座小山，长满了树，葱葱郁郁的。那段日子因为不敢出门，才发现的。每天就只是睡觉和运动。拼命地睡，因为睡着了可暂时不用面对现实的压力。睡到没法再睡了，就吃个饭，发呆。等到黄昏，就到后边那座小山去爬两圈。专注地呼吸，肢体不断运动，流汗，开始几天，只能很慢很慢地爬，因为拍摄期严重缺乏睡眠，操劳过度。

偶尔，妹妹会陪我，边爬山，边鼓励我。有时是编剧过来陪我。朋友们知道我的状况后，常常会发短信来慰问。"Everything happen for a reason." 桀齐常常这样跟我说，"事情发生总有它

---

* 宽姐：2008年5·12大地震，中央电视台办了一场慈善晚会。宽姐是王菲的经纪人，众歌手在后台等候时，我刚好坐她旁边，才认识她的。那时我和她说我想拍电影，她很亲切地教了我很多东西。后来，要开拍《初恋红豆冰》之前，告诉她状况，把她吓坏了……

的理由。”一天一天过去，身体渐渐好起来。昌铭（编剧）说：“也许上天不要你太急，逼你停一下；就像大热天渴了太久，不可以一下子喝太多水，要一口一口慢慢喝。”渐渐地，我发现，心，也一点一点地好起来，里面那个让我害怕、软弱、难过和不知所措的黑洞，一点一点地被厚实温暖的东西填补了。总之，到了某一天，睡醒起来，想到这事，我不哭了。

我还不知道要怎样解决资金和人事纠纷的问题，但我知道，这一切，我可以解决。

“沉默的果实是祈祷。”——德雷莎修女，“……如果你个人或你的家庭另有宗教信仰，便以其形式祷告。”

常常，我站在小山坡上，伸长了手臂，闭上眼，深呼吸，对着夕阳，感谢天，感谢地，谢谢风，谢谢太阳……还有谢谢我的心。

突然想起很多年前，在黄奕忠的小本子上写的那句话：

事不难，人难；

人不难，心难。

凡事往好处想，简单一些好了。这是我给我自己的，也是很想与你和所有人分享的：

心好，人好；

人好，事好。

心好了，人就会集中精神，做对的选择，不自艾自怜，找对的人帮忙，在对的时机进退，事情自然就好。当然之后还是遇到

Merlincolor FEB. 84

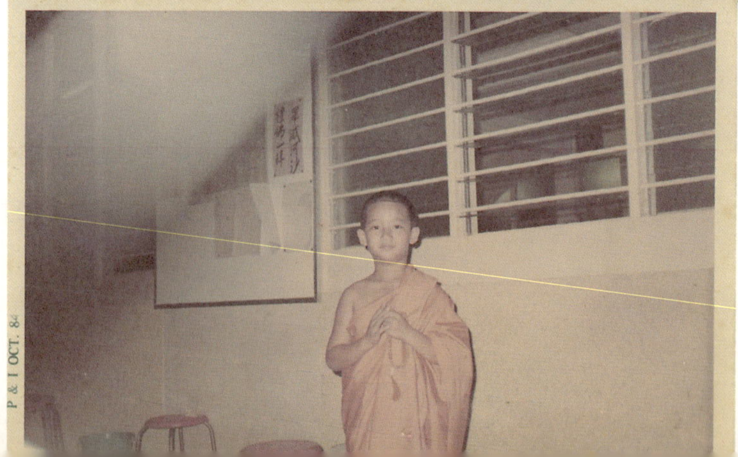

了很多麻烦和挑战，但终于在朋友们的帮助下，找到倾力帮我们的投资老板，完成了《初恋红豆冰》这部电影。感谢天与神的保佑。

后记：电影开拍前，依照习俗，我们剧组到城里的九皇爷拜拜。上完香，原来要导演掷杯。我吓了一跳，非常紧张，冒汗了都，幸好一掷就是圣杯，上上签（一反一正）。过后要点鞭炮。制片和我拿香一人点燃一排。那家伙没等我回过神，便点燃他那串，一连串的红鞭炮登时在我身边噼里啪啦炸开，火星四射。我吓得半死，但硬着头皮，撑着，硬硬地用我发抖的手，把另一排鞭炮点燃……我想，这个大概可以概括我，人生第一次拍电影的感觉吧。

心好 人好 人好 事好

拍完《初恋红豆冰》的那天，我发现自己欠了60几万，而且还要大概30、40万，才能把这部电影的后期制作完成。（加起来大约人民币两百万。）当时，我的储蓄也几乎用得差不多了。那是2009年中的事了。很长一段时间，和朋友提起这件事，我都说那是因为原来的投资者临开拍前突然退出了。在没有资金的状况下开拍，才会导致很多很严重的后果。一直到写这本书，回首想一想，这样说对投资者是不公平的；~~责任不在他们，这几大的资金，决定权是~~我想，责任应是在我自己身上。开拍前，其实有一个可以喊停的机会。可是我还是决定了要继续往前走。因为非常难得终于把所有演员聚集了；题材是讲初恋，已经等了太久了，再等真的就老了，这辈子，也许就只有这次机会，可以拍心中想拍的电影。我记得召开记者会前几天，宽姐*在电话，非常担心和凝重的对我说：“牛，资金没到位，千万不要开拍……

后来的过程是很恐怖的。对于我来说，已经不是后悔不后悔可以形容的了。现在回想起会害怕。一边拍一边忧愁没有资金。每天都不知道第二天能否继续开拍。也不能让剧组和演员们知道，怕影响整体的情绪。拍摄结束后，整整一个半月吧，我是躲在家里哭的。真的在哭，不是说笑，也不是形容词。因为不懂该怎么办，不知道要上哪里去找一百万。因为资金的问题，公司闹得四分五裂的，找到资金前，还得把内部的矛盾调解好……

我家住宅区后边，有座小山，长满了树，葱葱茂绿的。那段时间因为不敢出门，才发现的。每天就只是睡觉和运动。拼命的睡，因为睡着了可暂时不用面现实的压力。睡到没法再睡了，就吃个饭，发呆。等到黄昏，就到后边那座小山去爬两圈。专注的呼吸，肢体的运动，流汗，开始几天，只能很慢很慢的爬；因为拍摄期严重的缺乏睡眠，操劳过度。

偶尔，妹妹会陪我一起爬山，也鼓励我。有时是编剧过来陪我。朋友们知道我状况，常常会发短讯来慰问。"everything happen for a reason."梁乔常常这样跟我说"事情发生总有它的理由。"一天一天过去，身体渐渐好起来。吕铧（编剧）说："也许上天不要你太急，逼你停一下；就像太热天渴了太久，不可以一下子喝太多水，要一口一口慢慢喝。"渐渐地，我发现，心，也一点一点的好起来，里面那个让我害怕、软弱难过和不知所措的黑洞，一点一点的被厚实温暖的东西填补了。总之，到了某一天，睡醒起来，想到这事，我不哭了就。

我还不知道要怎么样解决资金和人事纠纷的问题，但我知道，这一切，我可以去解决。

"沉默的果实是祈祷"——德蕾莎修女

"……如果你个人或你的家庭另有宗教信仰，便依其形式祷告。"

常常，我站在小山坡上，伸长了手臂，闭上眼，深呼吸，对着夕阳，感谢天，感谢地，谢谢风，谢谢太阳……还有谢谢我的心。

突然想起很多年前，在黄襄忠的小本子上写的那句话：

事不难，人难

人不难，心难。

凡事往好想，简单一些好了。这是我给我自己的，也是很想与你和所有人分享的：心好 人好

人好 事好。

心好了，人就会集中精神，做对的选择不自艾自怜，找对的人帮忙，在对的时机进退，事情自然就好。当然之后还是遇到很多麻烦和挑战，但终于在朋友们的帮助下，找到倾力帮我们的投资老板，完成了《初恋红豆冰》这部电影。感谢天与神的保佑。

后记：电影开拍前，依照习俗，我们剧组到城里的九皇爷拜拜。上完香，原来要导演掷杯。我吓了一跳，非常紧张，冒冷汗了都，幸好一掷就是圣杯，上上签（一女一正）。过后要点鞭炮。制片和我拿香一人点燃一排。那家伙没等我回过神，便点燃他那串，一连串的红鞭炮登时在我身边噼哩啪啦炸开，火星四射。我吓得半死，但硬着头皮，撑着，硬硬的用我发抖的手，把另一排鞭炮点燃……

我想，这个大概可以概括我人生第一次拍电影的感觉吧。

*宽姐：2008年512大地震，央视办了一场

慈善晚会。宽姐是王菲经纪人。

点歌手 → 在后台等候时，我刚好坐她旁边，

才认识她的。那时我和她说我想

拍电影，她很亲切地教了我很多东西。

后来，要开拍《红色冰箱》前，告诉她状况，

把她吓坏了……

在你胸口稍微靠左的地方

光良、品冠的成名曲——《掌心》的写词人，黄奕忠，总带着一本小本子，遇到朋友，就请人写几句有意思的话给他。那几年，我正处在低潮。音乐创作遇上了瓶颈，发了好几张专辑，已经不知道要写什么东西了。本来想说写不出歌，只是唱歌好了，收集了一些早期的马来西亚本土创作，打算重新演绎的。怎么知道，在录音室里磨了一年半快两年，一首歌都没录好。拿着奕忠的本子，想也没想，就写了：

事不难，人难；

人不难，心难。

（后来才知道这是证严法师说的一句话。）

那时刚开了制作公司，想自己发唱片，签了几个新人和音乐人。可是预算没控制好，每月开销太大，唱片还没做出来，已经负债累累。有一晚，站在提款机前，看着屏幕上的数目，良久，发不出声音，叹了口气。站在身后不远处的助理关心地问我：“被钱欺负了……？”事后她才告诉我，我那口气叹得好大一声。

因为无法继续支付薪水，公司里的职员渐渐离开了。甚至有一天，我发现口袋只剩下几十块钱而已。简单地吃了饭，只敢加一点油，漫无目的地开车在城市郊区乱晃，因为我不知道怎么办，也不知道要去哪里。

很多个夜晚，一个人回到家，在关了灯的房里，睡不着。漆黑里，无处可逃了，只好就这样躺着，眼睁睁地看着自己，面对自己。身边总是放着一本奥修的佛禅的书，翻来覆去不知道读了几遍了。直到某个夜晚，终于在书里边发现了答案，造成这一切的答案。这个答案就是我。其实佛学是很实际的。人要为自己的一切，负起一切的责任。

现在的处境，是之前自己选择的结果。责怪别人，责怪时代，责怪命运……一点用处都没有。只有承认有问题的是自己，接受自己的问题，才能改变所有。承认和接受这一点很难堪，可这是一种很大很广的自由。负起责任，我能改变，决定我的一切。

回头看，原来，我一直都很依赖。身为四个妹妹的哥哥，家里唯一的独生子，大家都宠我，让我，养尊处优，处理不了事就发脾气。在家里依赖家人，出来以后，依赖公司，把不喜欢的事务丢给别人，别人做不好了就怪别人，自己不愿意去面对。像一小孩子在玩堆积木，堆到一边的房子倒了，就坐在那儿踢脚哭泣，父母心疼过来边哄边帮忙把积木重新堆起来。可是我已经长大了不是小孩子了，人生里的积木倒塌了，在那儿哭泣发脾气是没用的，父母已经帮不了我，也没人可以帮我，除了我自己，重新地思考，再耐心地去建立自己的人生。

这是我人生很重要的一个转弯的点，发生在我心里。打开了心里的锁，世界就此辽阔。再回头深思，其实之前很多朋友长辈都有劝过我，可是都不听。哦……改变别人很难的，改变自己容易多了。

偶尔，我会摸一摸我的胸口，稍微偏左的地方，告诉我自己；“改变世界的钥匙，在这里。”

2012年4月29日凌晨零点零五分

在你胸口稍微靠左的地方

光良品冠的成名曲《掌心》的写词人，黄奕忠，总带着一本小本子，遇到朋友，就请人写几句有意思的话给他。那几年，我正处在低潮。音乐创作遇上了瓶颈，发了好几张专辑，已经不知道要写什么东西了。本来想说写不出歌，只是唱歌好了，收集了一些早期的马来西亚本土创作，打算重新演绎的。怎么知道，在录音室里磨了一年半快两年，一首歌都没录好。拿着奕忠的本子，想也没想，就写了：

事不难　人难
人不难　心难

（后来才知道这是一句证严法师说的话。）

那时刚开了制作公司，想自己发唱片，签了几个新人和音乐人；可是预算没控制好，每月开销太大，唱片还没做出来，已经负债累累。有一晚，站在提款机前，看着屏幕上的数目，良久，发不出声音叹了口气。站在身后不远的助理关心问我："被钱欺负了……？"事后她才告诉我，我那口气叹得好大一声。

因为无法继续支付薪水，公司里的职员渐渐离开了。甚至有天，我发现口袋只剩下几十块钱而已。简单的吃了饭，只敢打一点油，漫无目的开车在城市郊区乱晃，因为我不知道怎么办，也不知道要去哪里。

很多个夜晚，一个人回到家，在关了灯的房里，睡不着。漆黑里，无处可逃了，只好就这样躺着，眼睁睁地看着自己，面对自己。身边总是放着一本果修的佛禅的书，翻来翻去不知道读了几遍了。直到某个夜晚，终于在书里边发现了答案，造成这一切的答案。这个答案就是我。其实佛学是很实际的。人要为自己的一切，负起一切的责任。现在的处境，是之前自己选择的结果。

责怪别人，责怪时代，责怪命运……

一点用处都没有。只有承认有问题的是自己，接受自己的问题，才能改变所有。承认和接受这一点很难堪，可是这是一种很大很广的自由。负起责任，我能改变，决定我的一切。

回头看，原来，我一直都很依赖。身为四个妹妹的哥哥，家里唯一的独生子。大家都宠我，让我，养尊处优，处理不了事就发脾气。在家里依赖家人；出来以后，依赖公司，把不喜欢的事务丢给别人，别人做不好了就怪别人，自己不愿意去面对。像一小孩子在玩堆积木，堆到一边的房子倒了，就坐在那儿踢脚哭泣，父母心疼过来边哄边帮忙把积木重新堆起来。可是我已经长大了不是小孩子了。人生里的积木倒塌了，在那儿哭泣发脾气是没用的，父母已经帮不了我，也没人可以帮我。除了我自己，重新的思考，再耐心的去建立自己的人生。

这是我人生一个很重要的转弯的点，

发生在我心里。打开了心里的锁，

世界就此辽阔。再回头深思，其实之前

很多朋友长辈都有劝过我，可是都不听.

听……改变别人很难的，改变自己容易多了。

偶尔，我会摸一摸我胸口，稍微偏左的

地方，告诉我自己"改变世界的钥匙，

在这里。"

29.4.2012.

凌晨 00:05

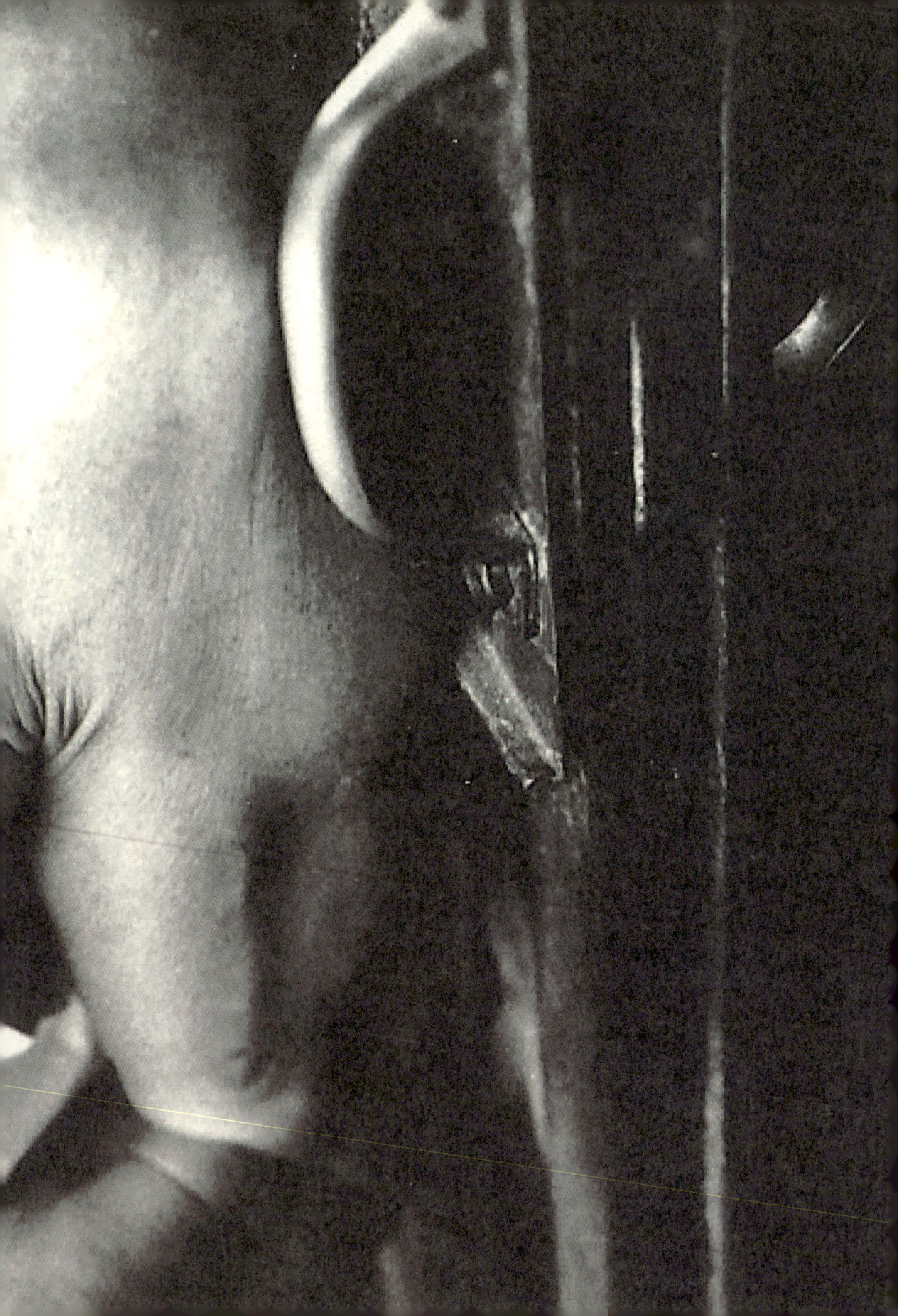

消火

原来各行各业也各有属性的，算命老师傅说金、木、水、火、土，要选择适合自己八字的职业。依稀记得我好像是属土和木的，适合当画家、作家等。而摄影是属火的，偏偏我得避开的。可是我很喜欢摄影，而且当导演的话，怎么办呢？电影里的分工很多呀！想想也是，摄影为什么属火的，因为要打灯嘛！

等待第二部电影《金童玉女》是否确定开拍和找到男主角前，那段日子是很难熬的。压力很大又什么都不能做，只能等，心浮气躁的。

有一天，扛着脚架和相机去爬山。山里那么多土和木，可以抵消摄影的火了吧。走了几个小时，流了很多汗，倒是烧掉不少脂肪。最后在深山里的溪流旁拍照，然后脱去衣服，干脆泡在冰冰凉凉的山水里。哗……溪水潺潺地流过，这下不只把摄影的火消了，心里焦躁的火简直一扫而空。

好像死机的电脑一直不停在转呀转呀转，过热的主机，终于被冷却，清凉啊……

2012年4月2日2点10分

消火　　2.4.2012　2点10分.

原来各行各业也都各有属性的，算命老师曾说。金，木，水，火，土。要选择适合自己八字的职业。依希记得我好象是属土和木的，适合当画家，作家等。而摄影是属火的，偏偏是我得避开的。可是我很喜欢摄影，而且当导演的话，怎么办呢，电影里的分工很多丫。想想也是，摄影为什么属火的，因为要打灯嘛。

等待第二部电影《金童玉女》是否确定开拍和找到男主角前，那段日子是很难熬的。压力很大又什么都不能做，只能等。心浮气燥。有天扛着脚架和相机去爬山。山里那么多土和木，可以抵消摄影的火了吧。走了几个小时，流了很汗，倒是烧掉不少脂肪。最后在深山里的溪流拍照。然后脱去衣服，干脆泡在冰冰凉凉的山水里。哗！……溪水潺潺的流过，这下不只把摄影的火消了，心里焦燥的火一扫而空。

好像当机的电脑不停一直在转丫转丫转，过热的主机，终于被冷却，清凉啊……

牛.

Sungai Puyu

Sungai Puyu是我的故乡。在中国内地,大家说起自己的老家,可能是天津、四川绵阳、湖南岳阳、广西柳州等。这个Sungai Puyu可能会让许多朋友死抓头皮，搞不清楚是什么东西……其实也简单,Sungai是马来文“河”的意思,Puyu是一种小型的淡水鱼。Sungai Puyu就是说河里有很多Puyu鱼的地方。我很小很小的时候，这种Puyu鱼多到什么程度呢？下雨天的时候，成群结队游到溢满水的路上来。妈妈带我拿着竹筐，一捞就可以捞一大把上来。这是一个位于马来西亚北边，靠近海的小村子。很小很小，可是和很多人一样，村子很小很小，可是她是我的，我也是她的。她孕育了我的简单和开朗。现在Sungai Puyu河里，Puyu鱼少了很多了。而且大部分时间里,我住在城里。但无论怎样,在哪里都好,在我的身体里我的心灵深处，我是个乡下人，幸福的乡下人。

童年时在池塘里捞鱼，上小学后在树林里追逐，中学在翠绿足球场上踢球。学会骑摩托了，去稻田里兜风。

幸运的是，一直到现在，还可以骑着自行车到田野去散心。

感谢我的故乡，她不起眼，朴素，平淡甚至可以说无聊，但是我爱她。愿与你分享她的翠绿和温暖，在这些文字里和照片中。

对了，若你问我，Sungai Puyu 怎么念？去听听我的歌吧。

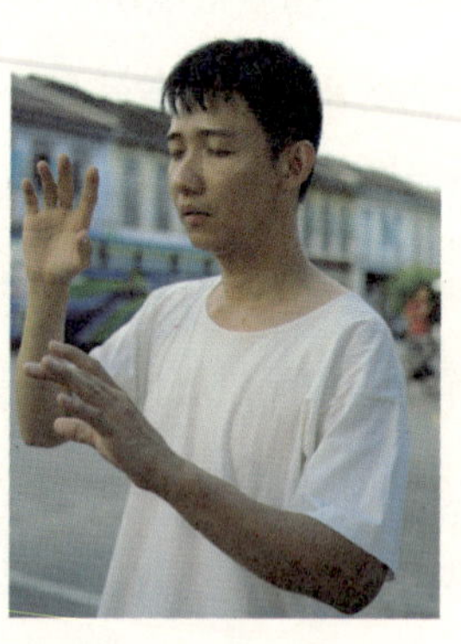

Sungai Puyu

Sungai Puyu是我的故乡。在中国内地，大家说起自己的老家，可能是天津，四川绵阳，湖南岳阳，广西柳州等。这个Sungai Puyu可能会让许多朋友死抓头皮，搞不清楚是什么东西……其实也简单，Sungai是马来文河的意思。Puyu是一种小型的淡水鱼。Sungai Puyu就说河里有很多Puyu鱼的地方。我很小很小的时候，这种Puyu鱼多到什么程度呢？下雨天的时候，成群结对游到溢满水的路上来。妈妈带我拿竹篓，捞了一大把上来。这是一个位置于马来西亚北边，靠近海的一个小村子。很小很小，可是和很多人一样，村子很小很小，可是她是我的，我也是她的。它孕育了我的简单和开朗。

现在Sungai Puyu河里，Puyu鱼少了很多了。而且大部份时间，我住在城里。但无论怎样，在那里都好，我身体里心里深处，我是个乡下人，幸福的乡下人。

童年时在池塘里捞鱼，上小学后在树林里追逐，中学在翠绿足球场上踢球。学会骑摩托了，去稻田里兜风。幸运的是，一直到现在，还可以踩单车到田野去散心。

感谢我的故乡，她不起眼，朴素，平淡甚至可以说无聊，但是我爱它。愿与你分享她的翠绿和温暖，在这些文字里和照片中。

对了，若你问我，Sungai Puyu在哪里？去听听我的歌吧

Magic hour

在拍《夏日的么么茶》的时候，马楚成导演教的。不知道中文怎么叫。每天黄昏天快黑，但还没有完全暗的时段，街灯刚亮，这时候拍照的话，画面会泛一种很特别的靛蓝；早上天快亮而没有完全亮的时候也是。这总是让我联想到男女之间的爱情，在还未开始却又好像已经爱上了，焦心得不知道要往前一步，还是原地不动好，似是而非，令人又恨又爱的暧昧。

阿牛手迹

Magic hour

在拍《夏日麽麽茶》的时候，马楚成导演教的。不知道中文怎么叫。每天黄昏天快黑，但还没有完全暗的时段，街灯刚亮，这时候拍照的话，画面会泛一种很特别的靛蓝；早上天快亮而没有完全亮的时候也是。这总是让我联想到男女之间的爱情，在还未开始却又好象已经爱上了，焦心的不知道要往前一步，还是原地不动好，似是而非，令人又恨又爱的暧昧。

扫地
11.4.2013

储蓄

早上起床后，喜欢扫地。早晨醒来，漱口刷牙，喝一大杯清水，倘若当天没工作赶着出门，我都会到储藏室抄起扫把，从屋后的厨房开始，一下一下打扫起来。慢慢地，把地上的灰尘、杂物打扫干净。厨房之后是客厅，书桌底下，大门边，一个角落一个角落来，好像在用毛巾洗拭自己的五官一样。人才刚醒，双眼浮肿，心神闷闷的，可能是昨夜残留的噩梦的感觉，也可能心里想起最近一些不愉快的事。脑袋乱乱的，有点急，觉得有好多事要去做去解决。而扫地的过程中，手脚一直在动着，身体慢慢地灵活起来，血液流通了，感觉有点热，出点小汗，思绪自然而然地清晰而有条理，不用去想事情，事情它自己想清楚了。这感觉真好啊！

现在住的小房子，大小刚好，大略打扫完一遍，人也刚好逐渐清醒。再把床被叠一叠，洗个靓澡，吃早餐，开始美好一天去！

虽说“心本无一物，何处惹尘埃”，可是打扫过的人都知道，何处不惹尘埃呀！今天把地上打扫干净，第二天又布满头发呀、灰尘了。有些靠近大路的房子一天要打扫两次。但就算你把门窗紧紧锁上，地上还是会脏。永远，有灰尘的。踩上去很不舒服，多走几步，把脚板丫转过来看看，脏脏黑黑的。我喜欢在屋里光着脚丫，不喜欢穿拖鞋。我想，开始会让我养成扫地习惯的原因，先是因为有一双挑剔的脚板吧。所以每天得把家里的地板打扫干净了，才觉得呼吸是顺畅的。

刚刚开始有这习惯的时候，很跟自己过不去。拼命地想一次把地扫干净，清理每一个角落。但是永远在打扫完后，你会发现有遗落忽略的地方。渐渐地懂了，轻轻愉快地扫就好，世界不是一天被改变的。只要你有在打扫就好，每天每天打扫，总会越来越干净的。扫地这件事儿，还真有点像储蓄，一天存一点点钱，日子久了数目就可观了。有一天我灵机一动，也许这道理还能放在别处。比如说我憎恨一个人，一下子我原谅不了他，一想到他对我做的事就生气。然后我试着像扫地般，一天一天原谅他一点点，后来我发现，竟然是可以的！真的，过了一段时间再提他，居然没那气了，觉得可以接受他了，宽容了。

扫地这件事，真好。把家里的尘扫干净了，也把心里的不愉快、生气，一点一点一点，一并扫走了，舒服！

2013年4月13日

①

~~扫地~~ 储蓄 13.4.2013

早上起床后，喜欢扫地。

早晨醒来，漱口刷牙，喝一大杯清水，倘若
当天没工作赶着出门，我都会到 Store Room
拿起扫把，从屋后的厨房开始，一下一下打扫
起来。慢慢地，把地的灰尘，杂物打扫干
净。厨房之后走客厅，桌底下，大门边，一个角
落一个角落来，好像在用毛巾洗拭自己的
五官一样。

人才刚醒，双眼浮肿，心神闷闷的
可能是昨夜残留的恶梦的感觉，也可能
心里想起个最近一些不愉快的事，脑袋乱
乱的，有点急，觉得有好多事要去做去解决。
而扫地~~这件事~~的过程中，手脚一直在动着，
身体慢慢的灵活起来，血液流通了，感觉
有点热，出点小汗；思绪自然而然的清晰
而有条理，~~喜欢这种感觉，因为~~不用去想

②

事情，事情又自已想清楚了；

这感觉真好，呵！

现在住的小房子，大小刚好，大略

打扫完一遍，人也刚好逐渐清醒。

再把床被叠一叠，洗个靓澡，吃早餐，开始

美好一天去！

虽说"心本无一物，何处惹尘埃"。

可是打扫过的人都知道，何处不惹尘埃呀。

今天把地上打扫干净，第二天又铺满头发呀，

灰尘了。有些靠近大路的房子一天要扫两次。

但就算你把门窗紧紧锁上，地上还是会脏。

永远，有灰尘的。踩上去很不舒服，

走几步，把脚板丫转过来看看，脏脏黑黑的。

我喜欢在屋里光脚丫，不喜欢穿拖鞋。我想，开

始会让我养成扫地的习惯的原因，先是因为有

一双挑剔的脚板吧。所以每天得把家里

地板打扫干净了，才觉得呼吸是顺畅的。

③

刚刚开始有这习惯的时候，很跟自己过不去。拼命的想一次把地扫干净，清理每一个角落。但是永远在打扫完后，你发现遗落忽略的地方。渐渐地懂了，轻轻愉快的扫就好，世界不是一天被改变的。只要你有在打扫就好，每天每天打扫，总会越来越干净的。扫地这件事儿，还真有点像储蓄，一天存一点点钱，日子久了数目就可观了。有天我灵机一动，也许这道理还能放在别处。比如说我憎恨一个人，一下子我原谅不了他，一想到他对我做的事我就生气。然后我试着像扫地般，一天一天原谅他一点点。后来我发现，竟然是可以的！真的，过了一段时间再提他，居然没那气了，觉得可以接受他了，宽容了。

扫地这件事儿，真好。把家里的尘扫干净了，也把心里不愉快、生气、一点一点一点，一併扫走了。舒服。

1988

我这个马来西亚人

在内地，常常有人误会我是中国台湾的主持人，于是跟他们解释，哦，不，不，我是来自马来西亚的歌手。对方就会混淆，喔？马来西亚？就是那个新加坡啦？接着解释新加坡是马来西亚的邻国，马来西亚是马来西亚，是一个独立的国家，首都是吉隆坡。也是的，吉隆坡和新加坡很容易让人搞不清楚。然后对方会很诧异地看着我，哇！你的中文怎么说得这么好？！我一头雾水问为什么？因为你是马来人啊！马来人说中文耶！

哦哦，不是……我的祖籍在福建，南安，在泉州那里。我是马来西亚第四代华人，当年是我爷爷的爸爸从福建南安，坐船越过南中国海到马来亚（独立前不叫马来西亚），落地生根，一代一代所以有了我，我是马来西亚人，可是我是华人。去过福建很多次，去过泉州，但不知道我有没有经过南安。过几年，一定要去找一找，想知道祖公当年是在哪个码头上了船，然后在哪个码头上岸的。爷爷几年前走了，只能从奶奶口里大概知道以前的事。听说我爷爷的爸爸是个秀才，我爷爷是在马来西亚出世的。早年的时候南洋真是遍地黄金。奶奶说，乡下椰林里养了很多鸡和鸭，到处下蛋，奶奶就叫爷爷去捡这些蛋，放进竹篮里骑自行车到菜市集卖。那时候蛋捡到，就是你的了。也不用付钱——因为太多了。之后，爷爷从卖蛋到卖鸡卖鸭，养家糊口，慢慢发迹。所以，我的母语其实是福建话，小时候在家里，偶尔也会教几句中文。正式的中文是上小学才开始学的。马来西亚的国语是马来文，学校也规定要学英文，所以我们是三种语言一起学的。在学校说三种话，回到家和家人说福建话，打开电视看香港来的电视剧说广东话。后来我的阿姨嫁给潮州人，我学会几句潮州话。就印度话没学会，但是电视里的印度戏印度歌就没少听了。所以马来西亚人的华语有福建腔、广东腔、海南腔、潮州腔，偶尔会出现英文；英文也一样，华人说英语是一种腔调，印度同胞说的英语有印度腔，马来同胞的有马来腔。总之，好几种语言和文化在这里被“总之”了。

可能，当年到南洋的父辈们都在努力地讨生活，文字在平时生活里实用的，够用就好了。不够呢，就顺手用英文和马来文来补。比如说从我小时候起，握手我们都说“晒汉”，连我奶奶也这样说，一直到我很大才明白，原来这是英文里的“shake hand”。还有“打闭”，“打闭”是马来文“但是”的意思，可是却混在我的福建话当中，一直到我去了中国台湾才发现，我不会讲福建话里的“但是”。

马来西亚有一种食物叫“罗惹”，就是把各种各样的水果，还有炸豆腐和炸虾饼放在一起，再拌上虾酱一起吃，说穿了就是杂烩。我们常笑我们的华语和英语是“罗惹”话，几种语言混在一起，每一句话尾巴都习惯加“啦”“咯”“媚”“惑”……

到中国台湾之后，我愕然发现，台湾人说中文居然和电视剧和电影里的一模一样的！开始的时候非常不习惯，每天说话都得拉高嗓音，觉得台湾人的华语比马来西亚的音阶高了八度，很虚幻，好像活在电影的世界里。怎知道到了内地，更厉害，尤其当年第一次到的是北京，说话的音阶比台湾人还高八度，比马来西亚人的高了十六度！而且好像什么话的尾段有个儿，遣词用字都好文艺，我觉得自己简直活在文学世界里了！呵……霎时才明白崔健呀，老狼呀，田震呀……为什么唱歌是这个样子的。

后来慢慢适应了，到不同区域时候会稍稍调整。也很喜欢到不同的地方，学学当地的口音或方言，太有趣了。常常会一边学一边哈哈大笑，当地教我的朋友听我说的方言后，更是笑个不停。

嗯……我这个马来西亚人会说好几种语言，但都半桶水半桶水。若有一天到你的家乡来，我们来交流交流，一定要教我说几句当地话哦！Tuan-tuan dan puan-puan, terima kasih！短－短胆，不暗－不暗，的你妈卡细！先生女士们，谢谢！啊哈哈……

2013年4月19日

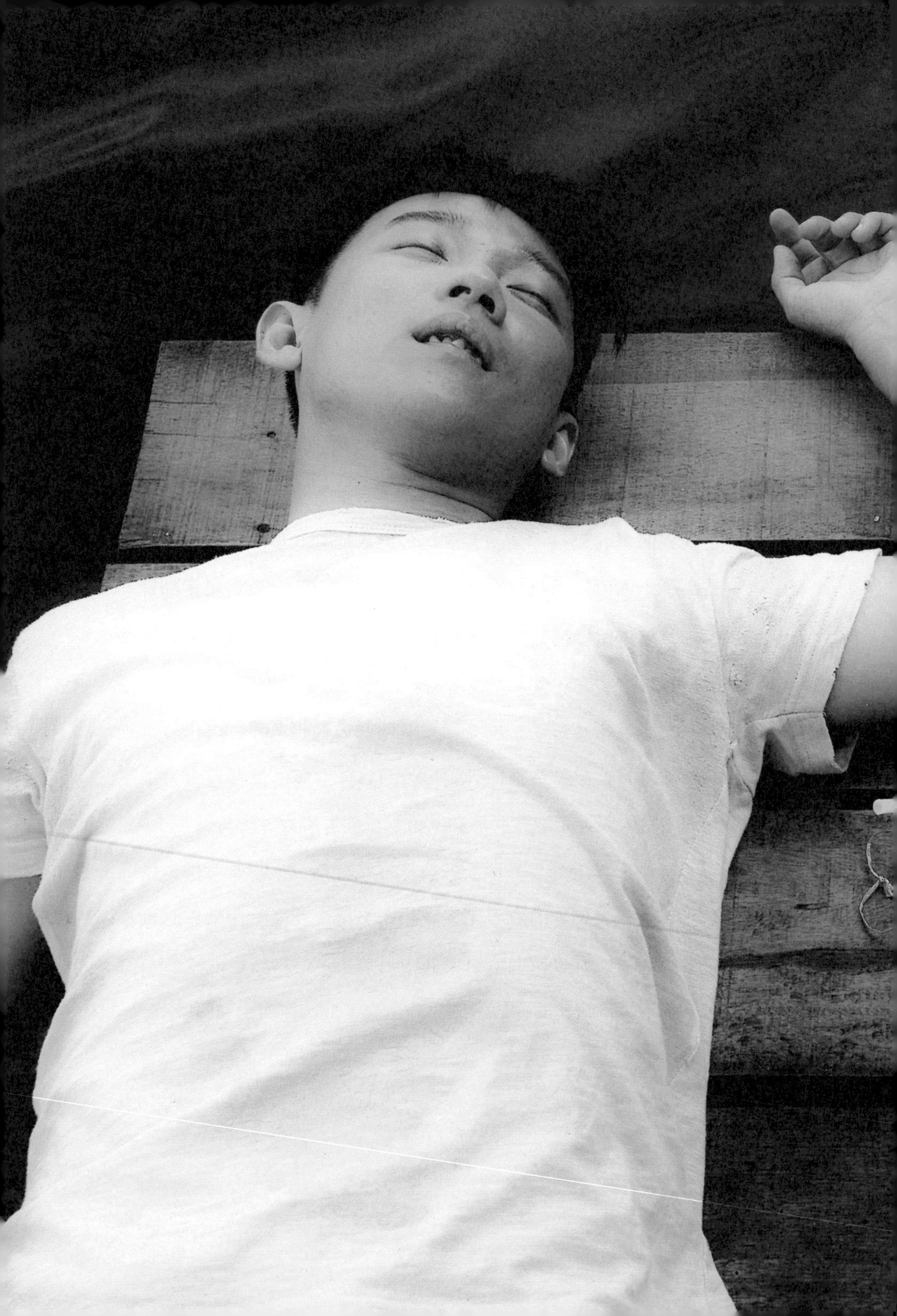

失眠

害怕失眠。

坐了一天的飞机，再接一段车程，腰酸背痛的，躺在陌生酒店的床上，很累却又睡不着。心里只能着急，因为第二天还有一整天的通告；可是越急就越睡不着，最怕这样。

拍戏工作的时候忙起来倒还好，累了倒头就睡；可是结束后很长一段时间，因为习惯了忙碌时的作息，明明没什么事做，却眼睁睁无法入眠，想休息却无法休息，这个也挺折腾人的。

另一个原因就更简单了，压力；这个问题好像很多人都有。本来就是个容易焦虑的人，写歌的时候担心歌没有人喜欢，拍戏以后担心票房的成绩。明知道这样折磨自己一点用处都没有，但没办法。

失眠是我减肥最大的敌人，若睡觉前吃不饱，我会无法入眠。好几次了，在床上翻来覆去，最后没有办法，爬起来找东西吃——

还得是面啊饭啊之类能饱的东西哦，哎……吃饱了，就呼呼大睡了。

想一想，也许失眠不只是当歌手和导演以后才发生的。都怪自己从中学开始，就不好好睡觉。

那时候学水墨画，最喜欢晚上十一点半开始画，因为白天太热，太吵了。

晚上家人都睡觉了，万籁俱静，虫鸣声围绕着我，蘸满墨汁的狼毫笔又圆又肥，点在宣纸上，看墨色在一片白里慢慢晕开，人生享受啊！

常常星期六有课外活动的聚会，我们就兴奋了，以筹备活动为借口，星期五的晚上就跑到学校食堂过夜，筹备或布置的工作一下子就搞定了，剩下的漫漫长夜，实际上就是玩呀玩，做些无聊的事情，比如去参观女生厕所……天快亮了往草场上一躺，吓一吓早上来上课外活动的女生。

喜欢冬天和雨天，因为很好入睡。最怕热天，呵，偏偏我是马来西亚人。马来西亚有几个月份是很热的。炎热的天没有下雨，闷闷的，到了晚上热气依然没有散去。到凌晨四五点才好些，可是已经快天亮了，好像夏天一样；若下雨更惨，通常都下一点儿不下一点儿，可怜那一丝丝的雨水，沾着柏油路就蒸发了，空气又热又湿，人简直就变成小笼包了。只能开冷气加风扇，被单都不用盖了，半裸着身子，迷迷糊糊间睡着了，醒来就感冒了。

读蔡澜的散文，他常常失眠。天亮了，就到菜市场去走走，买些菜回家煮煮。我也很喜欢这样。住的地方附近有传统菜市场，早晨的空气多少有一些凉意，大口地呼吸几口，和卖菜的大妈老板们说上几句，看看有什么新鲜的买一些，然后喝碗粥，或狠狠地吃一包有煎蛋有炸午餐肉的椰浆饭，爽！有几次想说熬夜身体会上火，买了一些凉茶药材回家煲。结果睡过头了，汤都熬干了，锅都快爆炸了，幸亏发现得早，要不然就危险了，所以后来都不敢了。

久了习惯了，白天总是昏昏沉沉的，晚上十一点钟一过，思绪就变得特别的敏锐，想一想事情，写写剧本什么的，再看看书，一不留意又过三点钟了。

虽然如此，我还是很喜欢早睡早起的感觉。最近努力逼自己早一点上床，睡不着也躺着。偶尔成功了，早早起身，先喝杯热的，到公园或稻田里去，晨雾中慢慢跑步，和太阳慢慢一起醒来，流个满头大汗。结束后洗个凉凉的澡，再吃一顿丰盛早餐，然后回头，继续呼呼大睡一觉也！

2013年4月29日

跳水

跳水是一件美丽的事情。

准确点说应该是，跳水让我体会和发现了本来就存在的美丽。

那天，教练不厌其烦地一遍又一遍地教我，如何走板，从跳板起跳，身体的角度要平衡，才能跳得高，跳得高，才有多一点点的时间，把动作完成，再来入水……我一次一次地练习，一次又一次地跳，其实知道教练在说什么，只是身体不听使唤，做不到。

突然间觉得，拍戏的时候，在教演员戏时，也是一样的。怎么说呢？演员要记台词，要了解自己演的角色。到了拍摄现场，要和其他演员对戏，要走位，迁就摄影机等等。可是有时候就是进入不了角色，好像只是在背台词。

跳水的时候，你把跳板走好了，跳高了，动作做好了，完成一圈半的跟斗，接下来，就是把自己的身体放松地交给地心引力，让它把你带进水里面。

演员的地心引力是什么呢?

是人性。把台词记好了，消化了，要把自己交给自己身体里的人性，让你的情感，你自己的感受，人生的经验等等，像地心引力般，把你带入进角色里，在角色里呼吸，去感受和反应所有的事。

这发生在导演喊“action（开始)”的那一瞬间，你像跳水般从自己的人格的跳板上，走板，跳！像跳进水池般地，进入角色。

跳多了就懂了，教练说。来来，多练习。

我想，戏也一样吧。

啊，都是美丽的事呀！我这样地感受，也这样地享受着。

按：参加电视台的明星跳水节目，写着的时候全身酸痛，充满药膏味，那些害怕痛苦挣扎后悔疼痛……大家在电视上都看到了，晚上静下来以后，在文字的世界里，和你分享小小的心得。

2013年4月28日

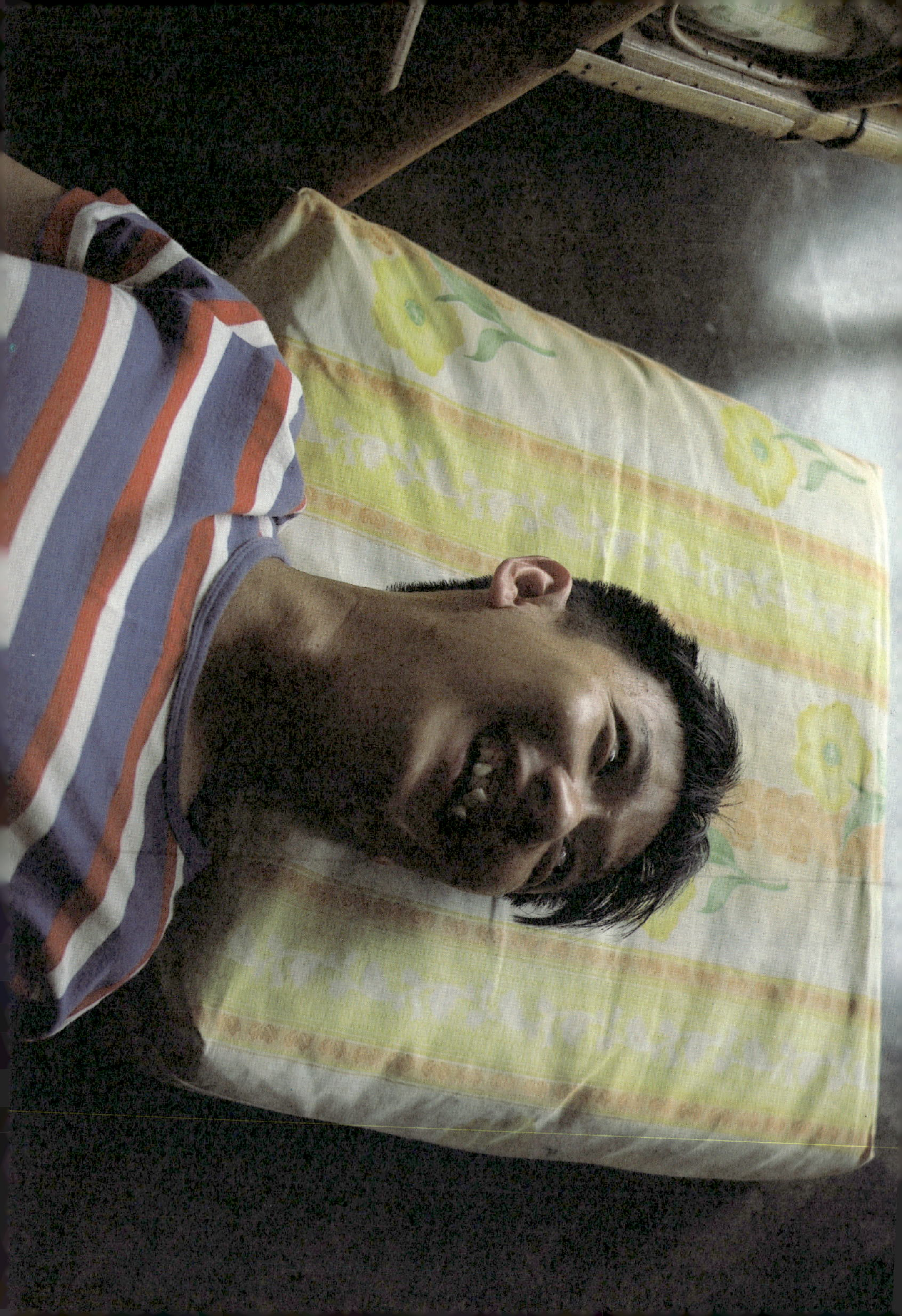

写给自己

如果统计一下书里所有的文章，用得最多的字是什么？除了“的”或“了”之外，可能就是“我”这个字吧。

这个“我”，就是你每天在镜子里看到的那个倒影，人们在舞台上看到的唱歌的阿牛，在片场里那个紧张不安而急躁的新导演……可是闭上眼睛后呢？……听到自己的呼吸，感觉你的身体，嗯……还在活着。37 岁了，如果是一辆汽车用了 36 年大概早就生锈走不动了，人类的身体还蛮奥妙的……呵；如果可以活到 72 岁，现在刚好一半，回头看看前面一半……嗯，还不错，单纯而美好的幸福童年，充满憧景而青涩的青春期；20 岁时很幸运地发了张专辑，唱了首《对面的女孩看过来》。接着起起伏伏的，有得，也有失；有些觉得自己做得很好的，但也做错一些事，错过了许多该珍惜的；唱了几首歌，终于圆了想拍电影的梦。

你作为阿牛的生命，就只能这样地燃烧一次，在这宇宙间叫地球的地方。也许是因为快乐的童年，也许是因为马来西亚的天气，也许是因为妈妈煮的菜很好吃……你有一颗温暖的心，你希望和大家分享这份美好，希望大家也都更好一些，更快乐一些。

那你就去做吧，在你的音乐里，在你想要拍的电影里，去绽放你的光芒和温暖吧。如果能改变这世界一点点，那就把这一点点好好地完成，让大家心里多一点点的温暖和快乐。

生命就这样燃烧一次，要值得。

再好好去爱吧，你常常会想太多而害怕，害怕伤害人家，其实是害怕自己受伤害。

记得：害怕本身往往比真正的伤害，更加伤人。

总会跌倒，总会有错误，就这样在错误和失败里慢慢修正，往你要完成的梦想走去。放开自己，柔软的，去享受这个过程。

真正的强大，温柔而安静。

别太把自己当回事儿，但也要把自己当回事儿。要会疼爱自己，肯定自己的价值。唯有疼爱自己和肯定自己的能力，才有能力去疼爱和肯定别人。所以要记得常常称赞，称赞别人，还有你自己。先让自己成为一个值得被爱的人了，等到值得你去好好爱的她出现，你才有资格抓住机会。

生命就这样燃烧一次，往美好的方向去吧。

你值得的。

You deserve the best of your life，牛。

后记：要记得常常吃饱饭，因为你肚子饿的时候就会血糖低，就会心情不好，就会消极，什么都往坏里想，要吃好睡好心情好。

减肥是慢慢来的，你会有六块腹肌的，加油！！！

图书在版编目（CIP）数据

我的275克拉阳光 /（马来）阿牛著、摄影. — 南京：译林出版社，2013.8

ISBN 978-7-5447-4138-5

Ⅰ.①我… Ⅱ.①阿… Ⅲ.①散文集-马来西亚-现代②摄影集-马来西亚-现代 Ⅳ.①I338.65②J431

中国版本图书馆CIP数据核字（2013）第169404号

书　　名 我的275克拉阳光
作　　者 〔马来西亚〕阿　牛
责任编辑 陆元昶
特约编辑 赵迪秋
出版发行 凤凰出版传媒股份有限公司
译林出版社
出版社地址 南京市湖南路1号A楼，邮编：210009
电子信箱 yilin@yilin.com
出版社网址 http://www.yilin.com
印　　刷 北京凯达印务有限公司
开　　本 889×1194毫米　1/32
印　　张 7
字　　数 100千字
版　　次 2013年8月第1版　2013年8月第1次印刷
标准书号 ISBN 978-7-5447-4138-5
定　　价 39.80元